花鈿の後宮妃

皇帝を守るため、お毒見係になりました

秦 朱音 Akane Hata

アルファポリス文庫

https://www.alphapolis.co.jp/

序章

「陛下！　まだ寝てるんですか？　もうすぐ朝餉《あさげ》が運ばれてきます。そろそろ起きてくださーい！」

「……ん……明凛《めいりん》。寒い、無理だ。まだ風邪が治っていない気がする」

何度声をかけても腕を引っ張っても無駄のようだ。

小さな子どものように我儘を言って起きてこない皇帝陛下・青永翔《せいえいしょう》様に向かって、私――曹《そう》明凛は大きなため息をつく。

随分と待たされて、もう空腹に耐えられそうにない。しびれを切らした私はついに奥の手を使うことに決めた。

「分かりましたよ！　ちょっと顔を出してください」

「……治してくれるのか？」

「治しますよ。そういう約束で、私は後宮にいるんですから」

ごそごそと気怠そうに起き出した陛下の頬に両手をそっと添え、私は自分の額をコツンと陛下の額に合わせる。すると、私の額にある花鈿《かでん》がほんのりと熱を持って光った。

「どうですか？　楽になりましたか？」

「ああ、先ほどよりも気分が良くなった」

「それは良かっ……！　ちょっと陛下！」

触れ合わせた額に気を取られた隙に、陛下の両腕はしっかりと私の腰に回されている。向かい合って膝に座るような体勢になり、私は恥ずかしさのあまり両手で陛下の胸を力いっぱい押し返した。

「なんですかこれ、放してください！　私はお腹《なか》がすいたんですよー。早く朝餉《あさげ》を食べたい！」

「こうした方が額を合わせやすいじゃないか。ほら、ちゃんと其方《そなた》の役目を果たしてくれ」

「駄目だって……言ってるでしょーっ！」

腰に回された腕をひねって牀榻《しんだい》に突き飛ばすと、陛下は為されるがままにゴロンと倒れた。

（ふう、危ない危ない）

「ただのモブ後宮妃である私に、こうしてベタベタするのはやめていただきたいんです！」

「ん？　モブ？　なんだそれ？」

陛下は牀榻《しんだい》に転がったまま、初めて聞く『モブ』という単語に首を傾げた。

（だって、目の前にいる青龍国《せいりゅうこく》皇帝・青永翔は、未来の皇后となる鄭玉蘭《ていぎょくらん》と結ばれる運命。『玲玉記《れいぎょくき》』のストーリーでは、そうなってるの！　私にかまっている暇なんてないでしょ！）

陛下の問いには答えず、私は朝餉《あさげ》の並ぶ卓子《つくえ》の前にトスンと座る。

モブ後宮妃の私の役割は、玉蘭が登場するまでの間、皇帝陛下の身の安全を守ること。

陛下と玉蘭が結ばれるというハッピーエンドを、何がなんでも見届けたい！

「さあ、陛下！　早く食べましょう！　今朝は冷えるから、お粥からいっちゃいますか？」

「……明凛。毒見はしなくても良いと言っているだろう」

「もう！　いつになったら慣れてくださるんです？　もしも食事に毒が盛られていたとしても、私はここで毒を浄化できるから大丈夫なんです。安心してお毒見係を任せてください！」

額に描かれた真紅の花鈿《かでん》を指さしながら、私はふふんと得意気に微笑む。

それを見た陛下は「うう」と唸ると、やっとのことで牀榻《しんだい》から這い出してきた。

「分かった、毒見は明凛に任せよう。だが慎重に。一度にたくさん口に入れるな。其方《そなた》はいつもすぐにペロリと食べてしまうからな」

「……え？」

注意された時には既に温かい粥を口いっぱいに頬張っていた私は、慌てて至福の表情を引っ込め、椀を卓子《つくえ》に置いた。

第一章　転生

「──明凛、明凛！」

「お嬢様、目を開けてください！」

ぼんやりとした意識の向こうで、誰かが私の名前を呼んでいる。

声に導かれるようにゆっくりと瞼を開けると、やけにごちゃごちゃとした飾りが施された天蓋《てんがい》が視界に飛び込んできた。

（あれ？　私、明凛なんて名前だったっけ？　なんだろう、この違和感……）

起き上がろうとしても、すぐには体が動かない。致し方なく、寝転んだまま視線だけを横に動かしてみた。

私が横たわる牀榻《しんだい》の傍らには涙目の若い女性、そしてその後ろには心配そうな顔をした中年の男性が立っている。

女性の方は長い黒髪を輪っかの形に結い上げ、それを簪《かんざし》のようなもので留めている。そして後ろの男性は、長髪を頭のてっぺんでお団子のように丸く束ねていた。

（誰なの？　このオジサン……って、違う違う！　オジサンじゃなくて、私のお父様だわ！）

実の父親のことを、なぜ『オジサン』などと思ってしまったのだろうか。

慌てて体を起こそうと牀榻《しんだい》に手を付くと、隣にいた女性が青ざめながら制止した。

「お嬢様、階段から落ちて頭を打ったばかりです。急に動かないでください」

「え？　階段から落ちたの？　私が？」

そう言われてみれば、そんな気もする。混乱している記憶を一つずつ手繰《たぐ》り寄せて整理するため、私はもう一度目を閉じた。

（……ああ、そうよ。私はここ青龍国に住む、黄《こう》明凛だったわ）

山寺にお参りに行った帰り道、私はぬかるんだ地面で足を滑らせ、そのまま階段から転がり落ちた。かなり高い所から落ちたので、無事に目覚めたのが不思議なくらいだ。

隣で心配そうに『お嬢様！』と連呼するのは侍女の子琴《しきん》で、先ほど私が『オジサン』呼ばわりしてしまったのは、父である黄夜白《やはく》。将軍を務める父を筆頭に、我が黄一族は皇都でもそこそこの名家である。

「思い出してきたわ、子琴。ありがとう、もう大丈夫よ」

「お嬢様ぁ……良かった。でも、無理はしないでくださいね」

今にも泣きそうな顔の子琴の手を握ると、私は彼女に向かって笑顔を作った。

私の記憶が混乱してしまったのには、理由がある。

どうやら山寺の階段から落ちて頭を打ったことをきっかけに、思い出してしまったようなのだ。

――現代日本で生まれ育った、自分の前世を。


前世での、とある日の夜のこと。

仕事からの帰宅途中、本を読みながら駅の階段を下りようとした私は、不注意で足を踏み外して転落してしまった。

前世の記憶はそこで途切れているから、階段から落ちた時に運悪くそのまま死んでしまったのだろう。

そしてこの世界に黄明凛として生まれ変わり、山寺の階段から落ちたことをきっかけに、前世の記憶を思い出してしまった――というのが今の状況のようだ。

よくよく見てみると、お父様も子琴もまるで古代中国のような衣装を着ている。

先ほど目に入った派手な天蓋《てんがい》の他にも、天井にはラーメンのナルトみたいな形をした彫刻。扉には高そうな緑色の石の玉簾《たますだれ》がかけられ、時折吹く風に揺れてカチカチと音を立てていた。

（この世界……もしかして私、昔の中国にタイムスリップして生まれ変わっちゃった

のかな）

「明凛、大丈夫か？　まだ調子が悪いなら、すぐに太医《たいい》を呼んでこよう」

「お父様、私は大丈夫です！　それに太医《たいい》様などお呼びしては、お嫡母《かあ》様に大げさだと叱られます。もう少し休みたいので、一人にしていただいてもいいでしょうか」

「……そうか、分かった。少しでも変わったことがあれば、すぐに子琴を呼びなさい」

　後ろ髪でも引かれるように何度も振り返りながらお父様たちが出ていくと、私はもう一度頭の中の整理を始めた。

（私の名は黄明凛。黄家の側室の娘で、お母様は私が小さい頃に亡くなったから記憶にない。お父様とお嫡母《かあ》様、そして義理の兄弟姉妹と共に暮らしているんだったよね）

　前世を思い出したことで少し混乱はしたものの、今世の記憶もしっかり覚えているようで一安心だ。

　側室の娘――いわゆる庶子である私にとって、この黄家は決して居心地の良い場所ではない。

　お父様は私にも分け隔てなく愛情を注いでくれるけれど、お嫡母《かあ》様たち義家族から見れば、私は単なる邪魔者。

だから私は早くこの家を出ていきたくて、後宮の宮女《きゅうじょ》選抜試験を受けるつもりでいる。

後宮の主は、ここ青龍国を治める若き第十四代皇帝・青永翔。

実はその皇帝陛下、後宮には見向きもしない女嫌いだともっぱらの噂だ。

中央の官吏たちはそんな皇帝陛下の将来を憂い、自分の娘や縁者を次々と入内《じゅだい》させて『下手な鉄砲《妃》、数打ちゃ当たる』作戦に出ているらしい。

妃が増えれば宮女《きゅうじょ》の募集も増える。よほどの失敗をしない限り、私も翌春には宮女《きゅうじょ》として後宮で職を得ることになるだろう。

ちなみに今の皇宮で絶対的権力を持つのは、皇太后の夏玲玉《かれいぎょく》である。名家出身の妃であっても、この皇太后に気に入られなければあっという間に潰されてしまうと聞く。

「そう言えば青龍国って、前世でも聞いたことがある気がするのよね。皇太后、夏玲玉の名前もどこかで耳にして……あっ！」

私は思わず声を上げた。

前世で駅の階段を踏み外した時に私が読んでいた本は、中華風ファンタジー小説、『青龍《せいりゅう》の女帝《じょてい》　玲玉記《れいぎょくき》』。確か、その小説の主人公が夏玲玉という名前ではなかっただろうか。

玲玉記は、隣国の玄龍国《げんりゅうこく》から嫁いできた公主《こうしゅ》・玲玉が、青龍国の後宮でのし上がっていく下剋上《げこくじょう》ストーリーだ。

玲玉自身は子に恵まれず、他の妃が産んだ皇子が皇帝として即位する。しかしどうしても青龍国で権力が欲しかった玲玉は、祖国である玄龍国出身の臣下たちを集めて味方を増やし、恐ろしい呪術を使って皇帝暗殺を謀《たばか》る……という、ドロドロとした展開の物語だ。

玲玉はなぜ、呪術に手を染めてまで権力に固執したのか。

その結末が気になって、何巻もある玲玉記を大人買いして少しずつ読み進めていたのが前世の私。

後宮妃たちの確執や皇帝の愛を求める女たちの戦いは手に汗握る展開で、時間を忘れて夢中になったものだ。

しかし、玲玉記の魅力はそれだけではない。

私の一番のお気に入りは、玲玉の敵役として描かれている皇帝・青永翔と、その妃である鄭玉蘭の切ない恋愛模様。

永翔が玲玉の罠に嵌められて殺されそうになった時、皇后・鄭玉蘭は永翔を庇《かば》って死んでしまう。

そして永翔も彼女を守れなかったことを悔い、「生まれ変わったらまた一緒になろう」と泣きながら命を落とすのだ。

自らの命を盾にしてもお互いを守ろうとする二人の愛に、私が何度涙したことか。

次に生まれ変わっても必ずこの二人が再会できますようにと、アフターストーリーの二次創作まで考えかけたほどだ。

そして私が今、黄明凛として生きている世界では、皇太后・夏玲玉が絶対的権力を握っている――

「つまり私は、『玲玉記』の世界に転生しちゃったってこと……？」

牀榻《しんだい》から立ち上がり、鏡で恐る恐る自分の顔を確認してみる。

色白の肌、華奢な腕。癖のない長い黒髪。

そして額の真ん中には、鮮やかな真紅の花鈿《かでん》が描かれている。

前世の自分とはかけ離れた容姿だが、確かに私はこの姿で十八年生きてきた黄明凛だと再確認した。

翌春になれば、私も玲玉記の舞台である青龍国皇帝の後宮に飛び込んでいくことになる。

黄明凛という名の人物は玲玉記には登場しなかったから、私はきっと後宮に大勢いる名もなき宮女《きゅうじょ》の中の一人だろう。

右手の小指で前髪をかき分け、もう一度鏡の中の自分の顔をまじまじと見つめてみる。

（まさか、こんなに鮮明に前世の記憶を思い出すとはね）

お嫡母《かあ》様や義兄姉たちから疎まれながら生きるのが嫌だった。

どこかの家に嫁いだところで、黄家との関わりは続く。だから宮女《きゅうじょ》になって、黄家に頼らずとも自分の足で立って生きていきたいと思った。

宮女《きゅうじょ》なんかになったら一生誰とも結婚できなくなる！　と、お父様からは止められたけれど、黄家に気を遣いながら生きるより、働いて誰かの役に立てる方がずっといい。

自分の後宮入りのことは、その程度にしか考えていなかった。

しかし、大好きだった小説の世界に転生したとなっては話が違う。

私が全力で推している青永翔と鄭玉蘭の、切ない恋愛模様が間近で見られるのだ。

玲玉記には描かれていないエピソードに遭遇することだってあるかもしれない。

そう考えると、後宮入りが俄然待ち遠しくてたまらなくなってきた。

「……子琴！　子琴はいる？」

「はい、お嬢様！」

私の声を聞き、侍女の子琴が慌てて房屋《へや》に飛び込んでくる。子琴は侍女でもあり幼馴染でもある、私がこの黄家で唯一心を許せる大切な存在だ。

「ねえ、子琴。今日は何月何日だったかしら」

「お嬢様、やはり頭を打ってどこかおかしくなられたのですか……⁉　今日は天青節《てんせいせつ》。皇都で灯華祭《とうかさい》が行われる日ですよ！」

「とっ……灯華祭ですって⁉」

なんということだろう。

玲玉記の中で、青永翔と鄭玉蘭が初めて出会うのが、その灯華祭だ。身分を隠し、お忍びで灯華祭にやってきた永翔が、空に天燈《ランタン》を飛ばしている美しい玉蘭に一目惚れする大切な場面《シーン》。

「子琴！　今から灯華祭に行くわよ」

「えっ！　でも、お嬢様は頭を打ったばかりですし、安静に……」

「大丈夫。ただちょっと遠くから静かに見守るだけよ。さあ子琴、早く準備して！」

空に飛ぶ無数の天燈《ランタン》の灯りの下で、永翔と玉蘭が恋に落ちる。そんなロマンティックな場面《シーン》、絶対に見逃せない。

モタモタする子琴を後目《しりめ》に、私は一人でさっさと着替えをし始めた。

◇

青龍国第十四代皇帝、青永翔。

彼がまだ皇太子だった幼い頃、生みの母である楊淑妃《ようしゅくひ》が病で亡くなった。後ろ盾がなくなった永翔は、皇帝の妃だった夏玲玉からここぞとばかりに命を狙われるようになる。

永翔の食事には密かに毒が盛られ、毒見役となった者は次々に命を落とした。それを知った永翔は心を痛め、次第に自分の食事の毒見を拒否するようになる。

食事に毒を盛った犯人はもちろん玲玉である。しかし、呪術を使って食事に仕込まれた毒はいくら調べても出所不明のままで、彼女が疑われることは一度もなかった。

毒見役を置くことを拒んだ永翔はたびたび毒を服してしまい、何度も生死の境を彷徨《さまよ》ったものの、なんとか生き永らえて成人を迎える。

そんな不遇な永翔を側で支えたのが、のちに皇后となる鄭玉蘭だ。

大切な人が自分のせいで命を失うことを恐れた永翔は、妃となった玉蘭ともなかなか打ち解けられなかった。しかし玉蘭の一途な愛は徐々に永翔の頑《かたく》なな心を溶かし、次第に二人は心を通じ合わせるようになる。

愛する人と共にありたいと願った永翔は、玉蘭のおかげで生きようという意欲を取り戻すのだ。

そんな愛し合う二人の仲を引き裂くのが、皇太后となった夏玲玉。彼女は自らが帝位に就くために、あろうことか二人を殺してしまう。

（……うう、このまま推しの命が奪われるなんて耐えられない！　いくら小説の主人公だからと言って、さすがに皇帝を殺しちゃ駄目だわ）

架空のストーリーなら楽しく読める展開も、こうして現実のものとなっては話が違う。

今の私は、玲玉記の世界の中で実際に生きている。

玲玉記を最後まで読んでいないから、皇太后がなぜそこまでして権力を手にしたいのかは分からない。しかしどんな理由があったとしても、永翔と玉蘭の幸せな未来を奪うことは絶対に許されない。

せっかく玲玉記の世界に転生したのだ。二人が添い遂げられるよう、私にも何かできないだろうか。もしかしたら私は、永翔と玉蘭の恋を成就させるために生まれ変わったのではないかとさえ思えてきた。

灯華祭にやってきた私は、二人の悲劇を思い出して涙ぐむ。そんな私を見て、子琴はぎょっとしてその場でよろけた。

「あのぉ……お嬢様。頭大丈夫ですか？　号泣してますけど」

「子琴、聞き方が良くない。せめて、頭の怪我の具合は大丈夫ですか？　って聞いてくれる？　それはさておき、お祭りと言えばとりあえず屋台よね。なにかツマミを買っていこう！」

か？」

「お饅頭《まんじゅう》なら私が買ってきますから、お嬢様はあの橋の袂《たもと》辺りでお待ちいただけます

「あ、変な言葉使ってごめん。お饅頭《まんじゅう》でも買いましょうか」

「ツマミ……？　それはなんですか？」

子琴が指さす方向を見ると、青龍川《せいりゅうがわ》の支流にかかる小さな橋が見えた。

ちょうどいい。確かあの小さな橋の下の川辺で、玉蘭が天燈《ランタン》を飛ばすのを永翔が見《み》

初《そ》めるはずだ。

第三者としてその場面《シーン》を見学するには少々距離が近すぎる気もするが、これだけ人

出が多ければ目立つこともないだろう。

「ありがとう、子琴。あの橋の上で待ってるわ」

「はい、お嬢様。では後ほど」

子琴に軽く手を振ると、私はいそいそと橋の方に向かった。

気付くと、いつの間にか日が落ちている。夕焼けは夜空に押されて山の端に消え、

川沿いに点々と並んだ屋台の提灯の灯りだけが川面を照らし始めていた。

そろそろ天燈《ランタン》が夜空を舞い始める頃合いかもしれない。

橋の上まで来ると、私は行き交う人の波から外れて下を覗き込んだ。橋から川の水

面までは、人の背丈の半分程度。川底にある石がいくつも水面から顔をのぞかせてい

るから、大した深さではなさそうだ。

（万が一ここから落ちても大丈夫そうね）

玉蘭と永翔はまだかと、私は更に身を乗り出して人の姿を探してみる。その時、橋についていた手がずるっと滑り、突然体勢を崩してしまった。

「……きゃあっ‼」

川に落ちかけた私の口から悲鳴が漏れる。反射的に宙に向かって伸ばした手は、虚しく空を切った。

すると、偶然近くを通りかかった知らない男が、咄嗟《とっさ》に私の腕を思い切り掴む。

（え……⁉）

男はそのままぐっと手に力を入れ、私の体を思い切り橋の方に引き戻した。

しかし、橋の上に尻もちをついた私のすぐ目の前で、助けてくれた男が代わりに川に落ちていく。

まるで前世でいうスローモーションのように、ゆっくりと視界から消えていく男。

大きな水しぶきと、男の体が川底にぶつかる鈍い音。

音に驚いた周囲の人たちが一瞬足を止めるが、すぐに雑踏に呑み込まれて流れていった。

（……やってしまった）

見ず知らずの人に助けてもらった上に、自分の身代わりにその人を川に落としてしまうなんて。

私は橋の縁に手をかけ、きょろきょろと男の姿を探した。

すると、橋の陰になった暗闇の中から、ずぶ濡れの男がゆっくりと立ち上がったのが見えた。

「ごめんなさい！　私のせいで……。大丈夫ですか？」

「……そちらこそ、怪我は？」

「おかげさまで私は何も。あ、手を貸しますので上がってこられますか？」

川の中にいる男に向かって手を差し出すと、ぬっと伸びてきた男の手が私の手を掴んだ。初春の水の冷たさとは逆に、男の手は大きくて温かい。

もう一方の手を橋にかけて登ってきた男の顔を、遠くの屋台の提灯の灯りがほんのりと照らした。

男が身に付けている袍《ほう》は、飾り気のない単純な意匠《いしょう》だ。

しかし、深い藍色の生地は見るからに上等なもの。

身分の高そうな相手だと一目で悟り、私は男に掴まれた手を思わず引いた。しかし男は焦ったような表情で、私の手を逃すまいと力を込める。

「……っ、其方《そなた》は……！」

「はい、なんでしょうか……？　あ、寒いですよね。あまり役に立たないかもしれないですが、この手巾《しゅきん》で良ければ使ってください」

巾着から取り出した手巾《しゅきん》を渡してみるものの、男はそんなものには目もくれない。

「其方《そなた》、名は？　名はなんと言う……？」

「なっ、名前ですか？」

「年はいくつだ、年は！　どこの家の者だ？」

切羽詰まった形相《ぎょうそう》で畳《たた》みかけるように尋ねてくるが、私にとってこの男は見覚えのない知らない相手。馴れ馴れしく話しかけられる覚えは全くない。

あっけに取られた私が口をパクパクさせていると、男の手には更に力が入った。

(痛いっ！　この人もしかして、出会い頭《がしら》に私を口説こうとしてる？　まさか玲玉記の世界にもそんな軽薄な男がいるなんて思わなかった！)

私はガッチリと掴まれた男の手を不意をついて捻り、相手がひるんだところで再度体を押して川に突き落とした。

一瞬の出来事に、男は為す術もなく橋の下へと落ちていく。

無情にも、大きな水音が再びその場に響き渡った。

「ごめんなさい！　私、そういうのは結構ですので！　さようなら！」

男に向かってそう叫ぶと、私は急いでその場を離れる。

（もう……！　もうもう！　なんなのよ！）

せっかく空に浮かぶ美しい天燈《ランタン》の灯りの下で、永翔と玉蘭が出会う印象的な場面《シーン》を堪能しようと思っていたのに。

楽しそうに行き交う雑踏の合間をすり抜けながら、私は悔しさのあまり顔をしかめた。

先ほどまでいた橋の上には、なんの騒ぎかと人々が大勢集まり始めている。

皆が見下ろす川の中には、ほんの短い間に二度も冷たい川に落とされた男。

彼は頭から足の先までずぶ濡れのまま、呆然と川の中に座り込んでいた。

◇

「うわああっ！　二人の出会いの場面《シーン》、見られなかった……！」

侍女の子琴が不思議そうな顔をして見守る中、私は牀榻《しんだい》に突っ伏して嘆いていた。

前世で夢にまで見た永翔と玉蘭のロマンティックな出会いを、目の前で実際に見学できるチャンスだったというのに。

それを、まさか偶然通りかかった軽薄男に潰されてしまうなんて。

天燈《ランタン》にほんのりと照らされた二人が見つめ合う姿は、さぞや美しかっただろう。

（見たかったよ……。イケメン皇帝と、美少女皇后の出会い）

私は牀榻《しんだい》の上で寝返りをうつと、大の字になって大きく息を吐いた。

元はと言えば、私が悪いのだ。橋の上で手を滑らせて、川に落ちそうになったのは私の方なのだから。

何度も自分にそう言い聞かせて納得させようとするも、やっぱりため息は止まらない。

ふてくされる私の横で、子琴まで私の真似をして口を尖らせた。

「お嬢様、昨日はなぜ私のことを置いて勝手に一人でお帰りになったんですか？　酷いです」

「ごめんね、子琴。なんだか怖い人に絡まれちゃったの」

「怖い人に絡まれた⁉　それで、お嬢様の力で相手をこてんぱんにやっつけちゃったんですか？」

「いくらなんでも初対面の人にそんなことしないわよ。川にそっと落として差し上げただけ」

「さすがお嬢様！　曹《そう》先生に青龍古武道を教えていただいた甲斐がありましたね……あっ！　そうだ、今日は曹先生のところに行く日でした！　早く準備をしないと」

「え？　あ、そうだったっけ……」

子琴は無理矢理に私の腕を引っ張って、鏡台《きょうだい》の前に座らせる。

（もう、子琴ったら適当なんだから）

慌てて化粧道具を取りに走った子琴を見て呆《あき》れた私は、ため息をつきながら鏡の前で姿勢を正した。

鏡に映った私の額には、真紅の花鈿《かでん》がくっきりと浮かんでいる。

この花鈿《かでん》、化粧紅《けしょうべに》で描いたものではない。お父様が言うには、生まれつき持っていた痣《あざ》のようなものらしい。

子琴が側で白粉《おしろい》をはたく準備をしている間に、私は花鈿《かでん》にそっと触れてみる。

指で触ってもこすっても取れないその花鈿《かでん》は、芍薬《しゃくやく》か梅の花か。物心ついた時分には既に、私はこの紅の花を額に浮かべていた。

そして実はこの花鈿《かでん》、人には言えない不思議な力を持っている。

それは、毒を浄化する力だ。

自分の体内に摂取してしまった毒だけではなく、触れた相手の毒までも浄化することができるという不思議な力。この花鈿《かでん》の力に頼れば、人を死に至らしめるような強い毒から、ちょっとした体調不良や風邪まで、なんだって癒すことができるのだ。

（まあ、ほとんど誰も知らない秘密の力だけどね）

白粉《おしろい》の準備を終えた子琴に化粧を任せ、私は目を閉じる。

私がこの力に気付いたのは、義妹が生まれた頃――私が十歳の時だったと記憶している。

生まれたばかりの義妹が高熱を出した、とある冬の日のこと。

何日も熱が引かない赤子の看病に疲れたのか、その日の夜はお嫡母様《かあ》もお父様もすっかり自分の臥室《しんしつ》で眠ってしまっていた。

普段から黄家の義兄姉たちにいびられ続けていた私は、無邪気に笑顔を向けてくれる義妹のことが大好きだった。しかし庶子である私は普段、義妹の側に寄ることも許されない。

だから皆が眠りこけていたその夜、誰にも気付かれないようにこっそりと義妹の寝ている臥室《しんしつ》に忍び込んだのだ。

苦しそうに胸を上下させながら浅い呼吸をしていた義妹は、臥室《しんしつ》に入ってきた私に気が付くと、弱々しく笑った。

その姿がいじらしくて愛おしくて、私は義妹の牀榻《しんだい》によじ登り、熱を測ろうと額を合わせた。

その瞬間――

私の額にある花鈿《かでん》がほんのりと熱を持ったかと思うと、全身が不思議な感覚に包まれた。言葉では説明できないこそばゆい感覚が、手足の指先から全身を通り抜けて額の花鈿《かでん》に集まっていく。

それがしばし続いた後、私と額を合わせていた義妹の熱はみるみるうちに引いていった。呼吸も穏やかになり、静かな寝息を立てて眠り始めたのだ。

高熱が何日も続いて太医《たいい》も匙を投げかけていたはずの義妹の病が、なぜ突然治ったのか。

もしかしたら、私の花鈿《かでん》に何か秘密があるのかもしれない。

私は自分の力を確かめるため、庭園の隅に生えていた毒花をこっそり口に入れてみた。もしもこの花鈿《かでん》に人を癒す力があるのなら、毒を食べたって平気だろうと考えたのだ。

今思えば、怖いもの知らずの子どもだったからできたこと。我ながら、随分と度胸のある挑戦をしたものだ。

苦い味の花びらを口の中で噛み潰してみたが、結果は想像通り。額の花鈿《かでん》がほんのり熱を持つだけで、私の体にはなんの変化も起こらない。

やはり私の花鈿《かでん》には毒を浄化して癒す力があるのだと、その時に確信した。

その後、私が毒花を口にしたことをお父様に告げると、お父様はこの世の終わりが訪れたのかと言わんばかりの恐ろしい形相《ぎょうそう》で、私を曹先生の家に担ぎ込んだ。

曹先生はお父様の古くからの友人で、何かあった時にはいつも曹先生に頼っていたらしい。先生に診せたところで、私の体はなんの問題もなく健康そのものだったのだが。

結局のところ、今この花鈿《かでん》の不思議な力のことを知っているのは父である黄夜白と、曹侯遠《こうえん》先生だけ。

変にこのことが広まって悪用されるのも困るので、できるだけ人には言わず秘密にしている。

「お父様、行って参ります」

「ああ、曹先生にくれぐれもよろしく伝えてくれよ」

お父様から預かった手紙を巾着に入れ、私は家を出た。

柔らかな日差しが心地よい午後。こんな日は、仕事として頼まれたお遣いも、楽しい散歩の時間に変わる。

お父様のお遣いで曹侯遠先生の家に定期的にご機嫌伺いに行くのは、毎月の私の役目だ。

先生は前《さき》の皇帝陛下の下で重臣として働いていた方で、一人娘を亡くした心労から体調を崩して官吏を辞任。隠居後は皇都の若者たちに読み書きや武芸、青龍国の歴史などを教えている。

私もかつて、曹先生の門下生の一人だった。忙しく働くお父様や辛く当たってくるお嫡母様《かあ》よりも、むしろ曹先生に育ててもらったと言っても過言ではない。

先生のおかげで青龍国の歴史にも詳しくなったし、伝統舞踊も舞えるようになった。

何より、古来より伝わる青龍国の武芸は特別得意になった。

天青節《てんせいせつ》の夜、怪しい軽薄男を易々と川に落とすことができたのも、曹先生から武道を習ったからに他ならない。

曹家に到着した私は、門を入って裏庭の方へ進む。

こぢんまりとした曹先生の家は、使用人も置いていない。無人の庭を通って建物の裏手に回ると、そこにはすでに先客がいた。

先客の男性二人の背中の向こうには、珍しく険しい表情をした曹先生が見える。

(立ち話のようだし、そんなに時間はかからないわよね。少し待っていよう)

私は先生の邪魔にならないよう静かにその場を離れ、もう一度来た道を戻った。

先生の家の近くには、休憩するのに最適な河原がある。昨晩、見知らぬ男を川に突き落としたことを思い出しながら、私は川堤《かわづつみ》に置いてあった長椅子に腰を下ろした。

暖かな陽気は、時に人を怠惰にさせるものだ。

眠気に耐え切れなくなった私は、少しだけだと言い訳しながら瞼を閉じた。

◇

――『明凛、幽鬼《ゆうき》には絶対に近付いては駄目だ』

大雨の夜、青龍川にしだれる柳の下で、震える一人の少女。

(あの柳の下にいる女の子は、私……？　これは夢かしら)

時折頬や腕に触れる濡れた柳葉に悲鳴を上げながら、その少女は父を呼び続ける。

勝手に一人で外に出るのではなかった。

こんなに大雨になるとは思わなかった。

少女は泣きながら、柳の木にしがみつく。

しばらくすると、ごうごうと音を立てて降る雨の向こう側から一人の男が走ってきた。

『お父様！』

『……明凛、明凛！』

少女はその男の腕に飛び込んで泣くが、その泣き声も大きな雨音にすぐにかき消された。

――『明凛、雨の夜には幽鬼が出る。外に出てはいけないし、幽鬼を見ても絶対に近付いては駄目だ。やつらは、人の記憶を食べてしまうのだから……』

……

…………

「……い……おい！」

夢と現《うつつ》の狭間《はざま》で彷徨《さまよ》う私の半身が、ふと心地よい温もりに包まれた。

（雨は止んだの？　なんだか温かい）

「……おい、起きろ！」

（ん？　起きろって、なんのこと？）

「なんだこの花鈿《かでん》は。化粧ではなさそうだな。花鈿《かでん》の形をした痣《あざ》か……？」

「う……うわぁっ！」

目を覚まして瞼をパチパチと開けたり閉めたりしながら、私は自分の置かれた状況を確かめる。

顔を上げるとすぐ側には、私に声をかけていたらしい一人の男。

肩が触れ合う至近距離。

私の額に無遠慮に触れる、ゴツゴツした長い指。

「やめてっ‼」

「……は⁉」

あまりの驚きに、私は咄嗟《とっさ》にその男を力いっぱい突き飛ばした。

すると次の瞬間、その男は川堤《かわづつみ》からゴロゴロと転がって川の中に落ちていく。

「ぐっ……またか……寒《さむ》っ！」

鈍い水音の後、川の中で体を起こしたその男の袍《ほう》には、見覚えがあった。

「あれ、あなたまさか昨日の……？　出会い頭《がしら》に口説いてきた軽薄男じゃないですか！」

「おい、何かの誤解だ。昨日も今日も、私は其方《そなた》を助けようとしただけなんだが」

「え？　……助ける？」

水の冷たさに震えながら岸に上がった男は、袍《ほう》の裾を絞ってから堤を登ってくる。

沓《くつ》の中まで水が入り込んだようで、一歩踏み込むごとにぐちゃりと重そうな水音が鳴った。

どうやら私は、曹先生の来客が帰るのを待つ間に居眠りをしていたらしい。子どもの頃の嫌な夢を見ているところを、この男の呼びかけで起こされたようだ。

「あのまま放っておいたら、眠ったまま地面に落ちて頭をぶつけるところだったぞ。それに、そもそもこんなところで年頃の娘が一人で眠っていたら危ないだろう」

「……もしかして、私が椅子から落ちないように肩で支えてくれていたということですか？」

「ああ、それだけだ。声をかけてもなかなか起きないから、致し方なく……。せっかく助けてやったのに、本当に失礼な娘だ」

洟《はな》をすすり、足を引きずりながらゆっくりと長椅子に近付くと、男はもう一度そこに腰を下ろす。濡れた沓《くつ》を脱いで逆さにして、中に入っていた水を地面にばしゃりと落とした。

（あの高そうな生地の袍《ほう》を、またしてもずぶ濡れにしてしまったわ。それに――）

私はもう一つ、自分がやらかしてしまったことに気付いていた。

恐る恐る、男に尋ねてみる。

「あの……足、怪我しちゃいましたよね？」

「ああ。昨日其方《そなた》に川に突き落とされた時に足を挫いたようだ。冷たい水のせいで風邪も引いたというのに、またしてもこうして川に落とされるとは……。全く、私が寛《かん》容《よう》な人間で命拾いしたな」

「うっ、ごめんなさい」

助けてくれた相手に対しての失態を次々と聞かされ、私はいたたまれなくなって下を向いた。

驚いて咄嗟《とっさ》の行動だったとは言え、見ず知らずの人の手を突然捻ったり川に突き落としたりするのは良くないことだと、頭では分かっている。師匠である曹侯遠先生にも、無暗《むやみ》に武道の技を他人に使うなと口を酸っぱくして言われているというのに。

「……せっかく助けていただいたのに、酷いことをして申し訳ありませんでした。でも、突然手を掴まれて名前や年を聞かれたら、私じゃなくても誰だって驚くと思います。今日だってそうです！　目が覚めたら、知らない顔に覗き込まれているんですもの」

（しかも昨晩、永翔と玉蘭の出会いの場面《シーン》を見逃したのは、あなたのせいでもあるのだし）

頭の中で色々と言い訳をしてみるが、いずれにしても私の勘違いで二度も川に落とした事実には変わりがない。

永翔と玉蘭の姿を見逃した悔しさよりも、目の前の男に対する申し訳なさの方が勝った私は、顔を上げることができなかった。

「……其方《そなた》の言う通りだな。驚かせてすまなかった。実は其方《そなた》が昔の知り合いに似ている気がして……つい力が入ってしまったのだ」

男は俯《うつむ》く私に向かって、隣に座るように促す。私は俯《うつむ》いたまま、男の隣に静かに座った。

「そんなに申し訳なさそうにされたら此方《こちら》も困ってしまう。私も悪かったのだから」

「でも、怪我までさせてしまったし……」

「もう気にするな。そうだ、改めて名を聞いてもよいか。私は……翔永《しょうえい》という」

「私は、黄明凛と申します」

　翔永と名乗ったその男は、昔の知り合いを訪ねて皇都に来たと言う。聞けばその『昔の知り合い』とは、なんと私が今から訪ねようとしていた曹侯遠先生らしい。

　そう言えば先ほど曹家の裏庭で、二人組の男の背中を見たばかりではないか。

「もしかして、先ほど曹先生とお話しされていた方？」

「ああ、そうだ。曹家から宿に戻る途中で、其方《そなた》が眠っているのを見つけたんだ」

「曹先生のお客様だったなんて！　私ったら全く知らずに、失礼なことをしてしまって申し訳ありません」

　先ほどから何度目だか分からないが、私はもう一度男に頭を下げる。

　ずぶ濡れの袍《ほう》を手で絞っただけの格好をしていても、長身で精悍《せいかん》な顔立ちをした翔永様はなかなかの美丈夫《びじょうぶ》だ。

　それに、質の良い藍色の袍《ほう》は、よほどの名家でないと手に入れられない逸品。曹先生の知り合いだというし、この方は地方で官吏の職にでも就いているのかもしれない。

　道行く人たちが、すれ違いざまにチラチラと翔永様に視線を向けて去っていく。翔永様をずぶ濡れにしてしまった罪悪感で、私は居心地悪く肩をすくめた。

「遠くからわざわざ皇都までいらっしゃるなんて……曹先生に、大切なご用事なんですね」

「ああ、そうだな。とても大切な頼みがあったのだが、実は今のところ交渉決裂中でね。しばらく皇都に滞在して根気よく口説かねばならないかもしれん」

そう言って、翔永様は目を伏せる。

どことなく憂いを帯びたその横顔は、田舎から出てきたばかりとは思えぬほど瀟洒《しょうしゃ》たる姿で、私はますます彼の出自に首を傾げた。

(「口説く」で思い出したけど、そう言えばこの人、出会い頭に私のことを口説いてきたんだった。そんなに軽薄な人には見えないんだけどなあ)

「明凜は、ずっとここに住んでいるのか？」

「はい、私は生まれた時から皇都育ちです。父が言うには」

「なんだそれは。随分と他人事のような話ぶりだな」

「幼い頃の記憶なんて、誰しも覚えてないでしょう？　物心ついてからは、この皇都を一度も出たことがありません」

前世では中国各地を一人旅で回りましたけど、とついつい口に出しそうになったが、ここは『玲玉記』の架空の世界。中国ではなかったのだと思い直して言葉を呑み込んだ。

翔永様は、この近くに今夜の宿を取っていると言う。

私たちは青龍川沿いを並んで歩き、その宿に向かった。

足を痛めている翔永様に合わせてゆっくりと歩くうちに話が弾んで、私たちはすっかり打ち解けてしまった。

「翔永様は、曹先生への用事が終わったらすぐに地元に戻られるのですか？」

「そうだな。色々とあちらで仕事がある。早く交渉を終わらせて戻らねば」

「では……多分、もう私と会うこともないですよね」

楽しいお喋りの時間を過ごしたからか、これが最後だと思うと少し名残惜しい。

私は並んで歩いていた翔永様の前に進み出て、向かい合うように立った。

長身の彼の顔を下から見上げ、ニッコリと笑みを見せる。

「ん？　どうした？」

「今日で会うのは最後だから、私の秘密を教えます。誰にも言わないでくださいね」

私は翔永様の両頬に手を伸ばし、少し背伸びをして花鈿《かでん》の描かれた額を彼の額にそっと合わせた。突然触れられて身を強張らせる翔永様に、「静かに、目を閉じて」と囁く。

額の花鈿《かでん》がほんのりと温かくなり、翔永様の額に私の熱が伝わっていく。

「足の怪我そのものは治せないけれど、これで少し痛みが和らぎませんか？　それと、風邪も少し良くなっているはずです」

翔永様は先ほどまで滝のように流れていた鼻水が止まったことに気付いたようで、目を丸くしている。

「……これは？」

「私のこの額の花鈿《かでん》には、体の毒を癒す力があるんです。人に知られてしまうと面倒なので、秘密ですよ」

「その花鈿《かでん》の力で、私の風邪が治ったのか？　その力は、いつどこで？」

「額の花鈿《かでん》は生まれつきだそうです。まあ、この力に自分で気が付いたのは十歳の頃ですが」

「信じられん……そんな力、初めて聞いたぞ」

川に落ちてずぶ濡れになった袍《ほう》のことも忘れ、翔永様は足の怪我や自分の鼻を触って確かめ、首を傾げている。

（そんな格好でずっと外にいては、せっかく風邪を治してもすぐにぶり返してしまいそうね）

「さあ、翔永様。また風邪を引いてしまっては治した意味がありません。早く宿に帰って着替えてください。私はここで」

「明凛、ありがとう。……元気で」

「こちらこそ、ありがとうございます。曹先生との交渉が上手くいくように願っていますね！」

翔永様に手を振ると、私は再び来た道を戻り始めた。

いつの間にか、青龍川の向こうでは夕日が沈み始めている。

曹家に手紙を届けるのをすっかり忘れていたことにも気が付かないまま、私は翔永様と額を合わせた時の熱を確かめるように、花鈿《かでん》にそっと触れた。

◆

「永翔様……いいえ、ここでは翔永様でしたか。また風邪を引いたのですね」

「……さすがに、二度も冷たい川に浸かってはな」

昨日せっかく止まった鼻水と咳は、今日になってまたぶり返していた。

宿の一室で掛布にくるまって寒さに震えていると、側近の羅商儀《らしょうぎ》がそんな私の姿を見てため息をつく。

「この国の皇帝陛下ともあろう御方が、ただの小娘に二度も川に突き落とされるとは笑い話ですね。その気になれば避けることくらいできたでしょうに。油断なさいましたか？」

「すまん……なんだか調子が狂って油断した」

「でしょうね。そもそも偽名の付け方から油断しすぎです。翔永だなんて、文字をひっくり返しただけじゃないですか！」

商儀に説教を受けながら、私は前日に皇都で再会した黄明凛の言葉を思い出していた。

『――私のこの額の花鈿《かでん》には、体の毒を癒す力があるんです』

不思議な力を持つ、真紅の花鈿《かでん》。

その花鈿《かでん》に触れるだけで、体中から毒素が抜けて浄化されていく感覚。

（あの娘は何者なのだ？　四龍《しりゅう》の王家が持つ力とも違う、初めて見る力だった）

この大陸には青龍国の他に、玄龍国、赤龍国《せきりゅうこく》、白龍国《はくりゅうこく》という国があり、これらをまとめて四龍と呼ぶ。

四龍の中でも我が青龍国は最も強い力を持ち、古来よりその他三国を統《す》べる立場だ。

青龍の力は絶大で、人だけではなく森羅万象《しんらばんしょう》、ひいては幽鬼までもが青龍の前には無条件に服従すると言われている。

四龍の王族は龍の加護を受けた特別な力を代々受け継ぐ。

青龍国皇帝である私も、青龍の力を受け継いでいる……はずなのだが、残念ながら私にはまだこの青龍の力は発現していない。

つまり、王族の者ですら自らの中に眠る龍の力を操ることは容易ではないのだ。

それなのに、四龍の血筋と全く関係のない小娘が、いとも簡単に不思議な力を支配できているとは。

「曹侯遠を通じれば、もう一度あの娘に会うこともできるはずだが……」

そこまで考えたところで、自分の浅はかさに苦笑いが漏れた。

（これ以上犠牲者を増やしてどうする？　もしも黄明凛が私と関われば、必ずあの皇太后から目を付けられる。危険に晒してしまうことになるではないか）

これからの私の策に曹侯遠を巻き込むことですら躊躇《ちゅうちょ》したのだ。偶然街で出会っただけの無関係の娘を、私の運命に巻き込むわけにはいかない。

邪念を打ち払うように首を横に振り、過去の自分に思いを馳せる。

幼い頃から、私の毒見役の者が目の前で命を落とすのを何度も見てきた。

皇太子である私の命を狙う何者かが、私の食事に毒を盛っていたのだ。しかしいくら食事を調べても、厨房を調べてみても、毒の出所を突き止めることはできなかった。

周到に隠されたその手口は、人の手によるものとはとても思えない。

恐らくその毒の正体は、呪術によるもの。

そして、この青龍国で呪術を使える者と言えば、ただ一人しかいない。

夏玲玉――元は玄龍国の公主《こうしゅ》であった、我が青龍国の皇太后である。

(玄龍国の王家の者であれば、呪術を使うことができても不思議ではない……)

皇太后は、ただでさえ何を考えているか分からない、龍というよりも蛇のような狡猾な女人だ。黄明凛のような天真爛漫《てんしんらんまん》で歯に衣着せぬ物言いをする娘とは、どう考えても馬が合わないだろう。

(やはり、黄明凛にはもう会わない方がいい。あの花鈿《かでん》の力のことは忘れるしかない)

「翔永様、ぼーっとしてどうしました? もしかして、例の午睡娘《ひるねむすめ》に惚れちゃったんです?」

「……は? 何を言うのだ。あの娘は……私の昔の知り合いに似ていたから、少し気になっただけだ」

「でも、同じ娘に二回も川に落とされたくせに、思い出してニヤニヤしたりしますか? 普通は怒りますよ。後宮に無関心な翔永様が、女性に興味を持ったというだけで奇跡だと思うんですが」

「私は今ニヤニヤ……していたのか?」

自分の顔を触って確かめてみるが、触ったところで自分の表情が分かるわけがない。

女のことを考えて表情を変えるなど、この五年間後宮に一歩たりとも近付かなかった自分らしくもないではないか。

しかし昨日から、ふと気付けばいつも明凛のことを思い出しているのも事実だ。

くるくると変わる表情、気さくであるのにどこか品性を感じる話し方。

半分結い上げた長い髪は黒瑪瑙《くろめのう》のように艶《つや》やかで美しかった。

もう二度と会わないから――という理由で自分の秘密を教えてくれた彼女にもう一度会いたいと、心の奥底では願っている。

頭の中の鬱屈した気持ちを振り払うように、私は頭を横に振った。

「できるだけ、私には関わらぬ方が良いのだから……」

「翔永様？　どうかしましたか？」

「あ、いや。なんでもない。とにかく、今日は侯遠の元には行けそうにない。其方《そなた》が様子を見てきてくれないか」

「はいはい、分かりました。一人で曹家に行って参りますよ」

「正式な返事は急がない。だが私は真剣に、侯遠の力を借りたいと思っている。もう一度私の気持ちを伝えてきてくれ」

人使いの荒い主人ですね、と口を尖らせながら、商儀は宿を出て曹家に向かった。

静寂の中で一人になり、私はもう一度牀榻《しんだい》に横になる。

（数多《あまた》いる後宮妃たちには興味すら湧かなかったのに、堂々と外で午睡《ひるね》をするような

素性も知らぬ娘のことで心乱すとは……情けないにもほどがある)

風邪でぼんやりする頭を冷やそうと、私は側にあった戸を開けて外の空気を入れた。

この辺りは皇都中心部の喧騒《けんそう》が嘘のように穏やかで、時間すらゆっくり流れているような感覚にとらわれる。

少し前のこと。

皇太后・夏玲玉が十五年という歳月を遡《さかのぼ》って、今は亡き楊淑妃に罪を糾弾し、皇統から除名しようと言い始めた。

楊淑妃とは私の実母で、前《さき》の皇帝から最も寵愛を受けていた妃だ。

――あの事件があるまでは。

夏玲玉は、元々嫁いでくるはずだった姉の代わりに、我が青龍国の前皇帝の後宮に入った。

前《さき》の皇帝の在位中、子のいない玲玉――当時の夏徳妃《かとくひ》は、皇子である私を産んだ楊淑妃を妬んでいたのだろう。

私の立太子の儀が行われた日、夏徳妃が後ろから突き飛ばされ、階段から転げ落ちるという事件が起きた。その時ちょうど夏徳妃は懐妊中だった。

事情を尋ねられた夏徳妃は、自分を押したのは楊淑妃であると主張したのだ。

『――楊淑妃は、永翔皇太子殿下の地位を脅かされるのではないかと心配し、懐妊した私を妬んでいらっしゃったのです！』

幼い頃に聞いた、夏徳妃の金切り声が忘れられない。

階段からの転倒の衝撃で子が流れてしまった夏徳妃は、涙ながらに前皇帝に楊淑妃の有罪を訴えた。太医《たいい》の診察で流産が事実であることは確認されていたし、楊淑妃が夏徳妃を後ろから押したところを見たという妃嬪《ひひん》まで現れた。

しかし前皇帝は、それだけでは楊淑妃が夏徳妃を押した証にはならないと判断し、母を公《おおやけ》に罰することは避けた。

前皇帝に守られたことで、母は公《おおやけ》の罪には問われない。

しかし母を待っていたのは、自由に殿舎の外にも出られない実質的な幽閉生活だった。そして母はその後、夫にも息子である私にも会えないまま、一人静かに病で息を引き取ったのだった。

皇太后はこの時の一件を蒸し返し、十五年も経った今になって楊淑妃を皇統から除名しようと言い始めたのだ。

（……何を今更、という言葉しか出てこない）

脈を打つようにズキズキと痛む頭に手のひらを当て、横になった私は目を閉じる。

母と引き離された自分を支えてくれたのは、今まさに官職復帰をするよう口説こうとしている曹侯遠だった。本当の父よりも父のように慕い、全幅の信頼を寄せていた彼に、もう一度自分の側で働いてもらいたい。

そう考えて、ひっそりと身を隠して皇都に降り、侯遠に会いに行った。

「……侯遠を裏切ったのは私の方なのに、都合のいい話だな」

ようやく重くなってきた瞼を閉じて、私は掛布にくるまった。

◇

「曹先生！　昨日はこちらに寄るのを忘れて家に帰ってしまって……。すみませんでした！」

「はは、明凛。そんなことだろうと思っていたよ。昨日は私も来客があって立て込んでいたから、今日持ってきてくれて助かった。ありがとう」

曹侯遠先生はお父様からの手紙を受け取ると、読まずにそのまま懐にしまった。

私はいつものように、曹先生と自分の二人分のお茶の準備をし始める。

曹先生は以前、青龍国の皇宮に仕えていた官吏だったそうだ。

随分と昔に御内室と一人娘を亡くされたので、隠居後はこうして一人で質素に生活している。

ご家族がいない分、昔から私のことをまるで本当の娘のように可愛がってくれた。

私の方も曹先生のことは、第二の父として慕っている。

毎月の曹家への訪問は私にとって、黄家のしがらみから離れて唯一安らぐことのできる大切な時間だ。

淹れたばかりのお茶を口にしながらふと横を見ると、その大切な曹先生が浮かない顔をしている。

（そう言えば、昨日も珍しく険しい顔をなさっていたような……）

「何かありましたか？　先生」

「……ああ、いや。私もいつまでもこんな穏やかな生活をしてはいられないのだと思ってね」

「え？」

先生の言葉を聞いて、昨日会った翔永様の言葉が頭を過《よぎ》る。

翔永様は曹先生との交渉は決裂したと言っていたが、もしかしたら彼の説得で先生の気持ちが少し変わったのだろうか。

「先生、もしかして昨日のお客様に何か言われたんですか？　あの方、先生に用事があると仰っていたから」

「……明凜、お前！　私の客人に会ったのか？」

いつも穏やかな先生の顔はみるみる青ざめ、手に持つお茶がこぼれそうなほど震えている。私が翔永様に会うと、まずいことでもあったのだろうか。

何か困った事態でも起こっているのかと、私は急に不安に駆られた。

「ごめんなさい。先生とお客様の話を邪魔してはいけないと思って川沿いで待っていたんですけど、たまたまお客様の帰り道にばったり会ってしまって……私があの方とお話ししては駄目でしたか？」

「いや、そういうわけでは……それよりも、あの客人はお前に何か言っていたか？」

「いいえ、特別なことは何も。先生に頼み事があると仰っていました。あとは……少しだけ私の力を使って、風邪を治して差し上げちゃいました」

「明凛！　その花鈿《かでん》の力は人には見せるなと言っただろう……！」

「すみません！　私が軽率でした。でも、あの方とは二度と会わないと思ったし、私に毒を浄化する力があることを言いふらすような方には見えなくて……」

必死に言い訳をする私の後ろで、突然ギイと裏庭の戸が開く音がする。

はっとして振り返ると、そこには一人の男が立っていた。

その男は細い目を必死に見開いた不気味な表情で、遠慮もなくずんずんと私たちに近付いてくる。

（……まずいわ。毒の浄化の話、聞かれてしまったかしら）

私は先生の背後に隠れて少しだけ顔を出し、男に向かって小さく礼をした。

「曹侯遠殿」

「商儀、すまないが今日は帰ってくれないか。見ての通り来客中でね」

「……そちらの娘さん、今、毒を浄化できると仰いましたか？」

（やはり、聞かれていた！）

私は先生と顔を見合わせた。

先生が名前を知っているということは、この男は先生のお知り合いなのだろう。服装や背格好を見るに、昨日翔永様と一緒にいた男のようだ。

「侯遠殿、私に名案があります！　こちらの娘さんに、毒見役として皇帝陛下の後宮に入っていただくというのはどうでしょうか！」

「商儀、お前は何を言っているのだ？」

突然の提案を、先生は鼻で笑う。

私はもうすぐ宮女《きゅうじょ》選びの試験を受ける予定なのだが、この男はそれを知らないらしい。

「だって毒を浄化できる力なんて、今の皇帝陛下にぴったりじゃないですか！　昨日申し上げたでしょう？　陛下は毒見を拒否しておられます。毒を盛られる心配がないからと、殿舎の裏でこっそり育てた生野菜をかじっているんですよ。日に日に体力も落ち、弱っています。そんな姿を見ているしかない、我々の身にもなってください！」

(……そうだった！　玲玉記にも、玲玉が呪術を使って永翔の食事に毒を盛る描写があったはず)

私の推しに一体何をしてくれるのかと、怒りながらページを繰ったものだ。

今、この世界の皇帝陛下は既に、打つ手がないほどに衰弱しているということなのだろうか。小説の中では、玉蘭と出会った頃の永翔はまだ元気だったはずなのに。

「……商儀。そんなことを簡単に口に出すものじゃない」

曹先生は男の側に寄り、声をひそめて言った。

先生の反応を見る限り、『皇帝陛下が毒見を拒否している』ことについては、先生も知っている事実のようだ。

「お願いします、ぜひ皇帝陛下の妃として入内《じゅだい》を」

「断る！　いくら皇帝陛下といえど、明凛と関わることはお控えいただきたい！」

先生が色々と声を荒らげてお話ししているが、私の頭の中は「皇帝が毒見を拒否している」という言葉でいっぱいだ。

(大切な人を亡くしたトラウマから、永翔は毒見を拒否するようになったのよね。可哀そう……！　早く玉蘭が入内《じゅだい》して、側で支えてくれたらいいのに)

憤慨している曹先生の背中をさすって宥めてみるが、先生の怒りは収まらない。睨み合いを始めた二人の後ろで、私は一人で慌てふためいた。

それにしても、この商儀という男。

こんな重要な情報を軽々しく口にして、もし皇帝陛下のお命を狙う者がどこかで聞き耳でも立てていたらどうするつもりなのだろう。

毒見拒否の件を知っているのだから、皇帝陛下に相当近い立場の人間のはずなのに、少々口が軽すぎやしないだろうか。

（不憫な皇帝陛下を側でお支えできる立場は羨ましいけれど、この商儀様という人よりも、私の方がよっぽど陛下のお役に立つ気がする……）

なんと言っても私にはこの花鈿《かでん》の力がある。皇太后・玲玉の正体についても、後宮にいる誰よりも詳しいはずだ。

「侯遠殿。この国にはもう一刻の猶予もありません。史家の侯遠殿なら、青龍の血を受け継ぐ皇帝陛下をお守りすることの重要さをよくご存知のはず。もしそちらの娘さんが陛下の寵《ちょう》を得られれば、縁者である侯遠殿の官職への復帰も簡単に叶いましょう」

「私は、官職復帰など考えていない」

「陛下のためなら、あなたは必ず動いてくださると信じています。まずはそちらの娘さんを侯遠殿の養女にしてください。その後は私が上手く手を回します。そうすれば……」

「黙れ！　私も、陛下をお守りしたい気持ちには変わりはない。しかしそのために明凛を利用することなどできん。宮女《きゅうじょ》ならまだしも、妃としての入内《じゅだい》など……！」

先生は商儀様に向かって再び声を荒げた。

門下生を叱ることはあっても、ここまで感情的に他人に対して怒鳴る先生の姿を見るのは初めてだ。

誰よりも青龍国の伝統や歴史を愛し、官職を退いた今もなお多くの若者に知識を伝えている曹先生。本当はきっかけさえあれば官職に戻り、皇帝陛下に直接お仕えしたいに違いない。

皇帝陛下の食事に毒を盛られていることを知っていては、尚更だろう。

「侯遠殿、お願いです。その娘さんが毒見役を引き受けてくだされば、陛下の命が救われましょう。この通りです！」

男は、深々と頭を下げる。

(皇帝陛下がまともな食事もできないだなんて、不憫すぎる。やっぱり私がやるしかない)

私は毒を浄化できるから、陛下はなんの遠慮もせず私に毒見役を任せてくれればいい。皇太后から皇帝陛下をお守りし、やがて入内《じゅだい》してくるはずの鄭玉蘭と幸せになっていただくためには、私が毒見役を買って出るのが最善の選択だ。

宮女《きゅうじょ》として後宮に入るはずが、なぜか妃としての入内《じゅだい》に変わりそうなのは引っかかるが、どうせ皇帝陛下は玉蘭以外の女には興味を持たない。宮女《きゅうじょ》だろうが妃だろうが、私が後宮で果たす役割は、何も変わらないはずだ。

二人の後ろから静かに話を聞いていた私は、思い切って商儀様に向かって話しかけた。

「あの、商儀様！　私は……」

「明凛！　お前は話をしなくていい。中に入っていなさい」

「曹先生、私なら大丈夫です。毒見役、やります。やらせてください！」

「……明凛⁉」

私の申し出を聞いた曹先生の顔がさあっと曇る。

（先生、本当に申し訳ありません。私は皇帝陛下の命をお助けし、玉蘭と二人で幸せになっていただきたいのです）

「大丈夫です、やります！」

「明凛、陛下と関わってはいけない！　本当は宮女《きゅうじょ》試験を受けることも反対だったのだ。それでも、明凛が黄家を離れて元気に暮らせるならと了承しただけで……」

「いいえ、先生。大丈夫ですよ。私は陛下の寵《ちょう》を得ようなどと全く思っておりませんし、お毒見役だけなら宮女《きゅうじょ》としての仕事と変わりありません。お任せください！」

私が決断すると、そこからは話が早かった。

先生は最後まで私のお毒見役としての務めに反対したが、対する商儀様は一枚上手《うわて》だった。

「皇帝陛下が毒見を拒否しているということを、明凛様も聞いていらっしゃいましたからね。秘密を知った者に後宮内を好き放題うろつかれては困ります。きちんと皇帝陛下の目の届くところにいていただきますよ」

そんな風に脅されては、先生の方が折れるしかない。

鬼の形相《ぎょうそう》をした先生は武道で鍛え上げた腕と拳を散らつかせながら、商儀様に二つ条件を出した。

皇帝陛下は私を仮初《かりそめ》の妃とし、絶対に手を出さないこと。

私が危険な目に遭うことのないよう、必ず守ること。

毒見については、さすがに妃が厨房に足を踏み入れるのは許されないらしく、皇帝陛下の食事の場に私もお供するという形になりそうだ。

あの玲玉記に出てくる本物の皇帝陛下を間近に見ながらお食事だなんて。こんな眼福があって良いものだろうか。

とにもかくにも、私は鄭玉蘭が入内《じゅだい》するまで、期間限定の仮初妃《かりそめ》。

近くにいれば私も陛下を守りやすいから、とっても良い取引条件ではないだろうか。

「商儀様！　皇帝陛下はどんな方なのでしょう？　やはり素敵で優しくて、どこか翳《かげ》がある不憫な感じの方ですかね？」

「ああ、それならご安心あれ！　きっとご希望に沿えますよ。陛下はとんでもなく不憫な御方です。それに、かなりお優しいですよ。……なんと言っても、川の中に二度も突き落とされたのに怒らずニヤニヤしているほど寛容《かんよう》な方ですから」

「……？　商儀様？　ちょっと声が小さくて聞こえなかったのですが？」

こうして私は、青龍国皇帝陛下の『お毒見係』として後宮入りすることになったのだった。

第二章　後宮

——翌春。

いよいよ私の入内《じゅだい》の日がやって来た。

この日のためにお父様は、真紅《しんく》の婚礼衣装を仕立ててくれた。

庶子であった私はほとんど公《おおやけ》の場に出ていなかったので、私の顔を知っている親戚は少ない。婚礼衣装を着ての親戚への入内《じゅだい》の挨拶は、なんの滞りもなくすぐに終わった。

大変だったのはむしろ、黄家のお義姉様たちの方だ。

どうやら彼女たちは、入内《じゅだい》する私のことを相当妬ましく思っていたらしい。私が黄家を出る当日になってまで、嫌がらせは続いた。

私の房屋《へや》の外には朝から大量の毛虫がばら撒かれていたし、私が通るはずの石段は苔の上から水浸しにされていた。先を歩いていた子琴が濡れた苔に滑って転んでいなかったら、今頃私の方がすっ転んで、花嫁衣裳を虫や土で汚してしまっていただろう。

怒る子琴を宥め、意地悪な姉たちからの罠をくぐり抜けて、私はなんとか皇宮に向かう馬車に乗り込んだ。

（嫌な思い出も多いけど、母のいなかった私を育ててくれたのは黄家だものね）

こちらを見て涙ぐんでいるお父様の姿を見ながら、私も涙を堪えて礼をした。

商儀様からのお願いで、私は形式上、曹侯遠先生の養女として後宮入りすることになっている。だから私は今日から黄明凛ではなく、曹明凛となる。

養父の曹先生にも挨拶を終え、私の馬車は青龍川にかかる橋の上を通りかかった。

青龍川の流れは穏やかで、春の日差しを浴びて輝いている。ここからならば、灯華祭の日の天燈《ランタン》もさぞや美しく見えたことだろう。

（灯華祭か。しばらく見る機会はないかもしれないわね）

そう言えばあの日、永翔はお忍びで街に来ていたのだろうか。

橋の袂《たもと》で、未来の妃である玉蘭に出会えただろうか。

大好きな登場人物たちがすぐ近くにいたかもしれないというだけでワクワクしていた私が、これから彼らが実際に生きている舞台である後宮に向かっているなんて、いまだに信じられない気持ちだ。

せっかくこの世界に転生したからには、私には必ずやり遂げたいことがある。

皇帝陛下と未来の皇后・玉蘭を、皇太后の手から守ること。

そしてこの世界では必ず、二人に幸せになってもらうこと。

小説通りの展開にはさせたくない。

いくら皇太后が玲玉記の主人公だからといって、愛し合う二人を引き裂くなんて鬼の所業だ。

私は皇帝陛下と玉蘭の、幸せに満ちた溺愛後宮物語を間近で目一杯堪能したいと思っている。

背中がぞわっとするくらいにキュンキュンするラブストーリーを、ニヤニヤしながら眺めたいのだ。

『ねえ、ものすごい綺麗事を並べてるけど、明凛は本当にそれでいいの？』

「きゃあああっ！　急に出てこないでください、琥珀《こはく》様！」

私一人しか乗っていないはずの馬車の中に突然ぬうっと現れたのは、美しい襦裙《じゅくん》に身を包んだ一人の女性。狭い馬車の中で宙にふわふわと浮いて、艶《つや》めかしい目で私を見ている。

彼女の名前は琥珀と言って、最近私の近くに現れた、幽鬼だ。

幽鬼に憑《つ》かれるような悪行をはたらいた覚えはないのだが、今の私はなぜだかこの幽鬼にすっかり憑《つ》かれている。

事の発端は、少し前。いつものように曹家へご機嫌伺いに向かう途中で通り雨に降られ、青龍川沿いの柳の下で雨宿りをしていた時に、琥珀様に出会った。

──雨の日には、柳の木の下に幽鬼が出る。

そんな言い伝えがあるのは知っていたが、まさか本当に自分が幽鬼に見つかって憑《つ》かれてしまうなんて、一体誰が想像できただろう。

少しそばかすのある青白い顔に、口元には小さな黒子《ほくろ》。

ほんのりと焔のような霊気に包まれた琥珀様の姿は、どうやら私以外には見えないらしい。もしも琥珀様が幽鬼じゃなく人間ならば、年は三十代後半といったところだろうか。

身に付けている襦裙《じゅくん》や装飾品から、琥珀様が元は高貴な生まれの方であることは一目瞭然なのだが、彼女が生前どこの家の何者だったのかは分からない。

幽鬼には、生きていた時の記憶がないからだ。

上機嫌で寛ぐ琥珀様の顔を、改めてじっと見つめてみる。

(そう、幽鬼には生前の記憶がない。琥珀様もそれは同じはず。なのに……)

この琥珀様、実はそんじょそこらの平凡な幽鬼ではない。

彼女はなんと、この世界の舞台である小説・玲玉記の、『語り手《ナレーター》』だと言うのだ。

『モブ後宮妃の曹明凛は、入内《じゅだい》するために馬車で青龍国の後宮に向かうのでした～』

「琥珀様……！　突然ナレーションっぽく解説しないでください！」

『あら、明凛。ナレーションは大切なのよ。読者にちゃんと情景や出来事を説明するために、欠かせない要素なんだから』

「それは分かってますけど……でもほら、もうすぐ後宮に着いてしまいますし。どこまで私についてくるおつもりなんですか？」

『え？　特に決めてないけど、面白そうだからしばらく憑《つ》いていくわね』

そう言って琥珀様は、長い髪の毛を自分の手で梳かし始めた。

（もう……語り手《ナレーター》って、一体なんなのよ）

そんな私の疑問などどこ吹く風。澄ました顔の琥珀様は、器用に髪を梳かしながら馬車の外を眺めている。

（強い恨みを持った人は、輪廻転生《りんねてんしょう》できずに幽鬼になると言うものね。琥珀様にも実は、壮絶な過去があるのかもしれない）

幼い頃、曹先生の家で読んだおとぎ話に書いてあった。

人間は永遠に生死を繰り返す生き物で、一つの生を終えると、また別の運命を背負って生まれ変わる。しかし強すぎる負の感情を持ったまま死んだ人は輪廻の輪から外れ、記憶を失い幽鬼となっていつまでもこの世を彷徨《さまよ》うのだという。

記憶さえあれば生前の悔いを晴らして生まれ変わることができるのに――そんな思いから、幽鬼は人に憑《つ》いて記憶を奪うとも言われている。

もちろん琥珀様も生前の記憶を持っていない。

しかし自分でも気が付かないうちに、玲玉記の語り手《ナレーター》としての記憶が頭の中になだれ込んできたらしい。それで時折こうして私の側で、玲玉記の解説をし始めるのだ。

玲玉記は、玲玉ではない別の人物の視点から語られていたから、もしかしたらその語り手《ナレーター》の正体が琥珀様だったのかもしれない。

が、それを確かめる術もない。

何も覚えていない琥珀様に尋ねても真相が分かるはずもなく、私はただこうして神出鬼没の幽鬼のお相手をするしかない状況なのである。

「明凛お嬢様、到着しましたよ」

馬車の外から、子琴が私を呼ぶ。

手を引かれて馬車から降りると、数名の衛士《えじ》たちに囲まれて商儀様が私を待っていた。

「曹妃《そうひ》。本日はおめでとうございます」

商儀様に合わせて、衛士《えじ》たちも一斉に頭を下げる。

淑妃だの徳妃だのという位はなく、私は単に「曹妃」と呼ばれるようだ。

女嫌いの皇帝陛下は玉蘭以外に見向きもしないから、数多《あまた》いる後宮妃には身分も位も不要だ、ということなのかもしれない。

ニコニコと笑う商儀様に連れられて歩き始める。見渡す限りどこまでも皇宮の敷地が広がっていて、ここが玲玉記の舞台なのかと圧倒された。

そんな私とは対照的に、琥珀様は私の頭の上で楽しそうに飛び回っている。

「琥珀様。気が散るからちょろちょろしないでくださいよ」

『美しい幽鬼の琥珀は、なんだかこの場所をとても懐かしく感じるのでした〜』

「……えっ、懐かしい⁉　琥珀様はもしかして、幽鬼になる前は後宮妃だったんじゃないですか？」

『ふふっ、そうかもしれないわね。覚えていないけれど、ここには来たことがある気がするの』

そう言って琥珀様は私の背中に張り付くと、あちらこちらを指さしながらはしゃいでいる。

琥珀様の正体は謎だが、元後宮妃だったと言われたら納得だ。

身に付けている襦裙《じゅくん》もちょっとした所作も、私のような庶民とは違って美しく品がある。きっと高貴なお生まれの方なのだと思っていた。

（琥珀様が本当に元後宮妃なのだとしたら、幽鬼になってしまうほどの強い恨みの原因が、この場所にあったりして……）

なんと言っても、ここは陰謀渦巻く後宮。皇帝を巡る妃同士の争いはいつの時代も日常茶飯事。
生前の琥珀様が輪廻転生《りんねてんしょう》できないほどの強い恨みを誰かに対して抱いたとしても
おかしくない。
（琥珀様もその昔、この後宮で愛する人を目の前で殺されたとかね……あり得ない話
じゃないわ）
懐かしそうに皇宮の殿舎を眺める琥珀様を見て、私は少し切ない気持ちになった。
商儀様の案内で、私たちは皇帝陛下が執務を行っているという青龍殿《せいりゅうでん》に到着した。
皇帝陛下との対面などせず後宮へ直行すると思っていたので、この展開は想定外だ。
私の推し……もとい、皇帝陛下といきなりご対面だなんて、心の準備が追い付くは
ずがない。
しかし商儀様は狼狽《うろた》える私には構わず、早足で青龍殿の扉に向かっていく。私は殿
舎手前の階段で、慌てて商儀様を呼び止めた。
「あの、商儀様！　もしかして今から私は、皇帝陛下に直接ご挨拶をするんでしょう
か……？」
「もちろんですよ！　曹妃には大切な役割がありますからね」
意味深にニヤリと笑うと、商儀様は迷いなく殿舎の階段を上り始める。
（どうしよう。あの皇帝陛下《推し》・青永翔様にお会いできるなんて、心の準備が……！）

「琥珀様、どうしましょう？」

商儀様に気付かれないように袖を口元にあて、背後にいる琥珀様に囁いてみる。琥珀様は『うーん』としばらく悩んだ後、私の背中からすっと離れた。

『ごめん、私ちょっと青龍殿だけは入れないわ。明凛、一人で頑張って！』

「えっ、なぜですか？」

『あら、知らないの？　幽鬼は青龍の力に弱いの。ここは歴代皇帝の青龍の匂いがプンプンしていて、とてもじゃないけど幽鬼の私は入れないわ。その辺りを散歩でもしてくるわね！』

そう言って、琥珀様はあっという間に姿を消してしまった。

「曹妃、どうしました？」

「あっ、なんでもありません！　今参ります……」

(仕方ないわ。私も、陛下のお毒見係として心を決めよう！)

皇帝陛下と鄭玉蘭の未来のため、私の花鈿《かでん》の力を使って陛下をお守りしようと決めたのだ。たかがご挨拶ごときで怖気《おじけ》づくとは情けない。

衛士《えじ》の手によって、青龍殿の扉が両側に大きく開かれた。

木の敷居をまたぎ、走廊《ろうか》を歩いて、私はいかにも高価そうな翡翠の簾《すだれ》がかかった執務室に足を踏み入れた。

執務室の中央には、長床几《ながづくえ》が置かれている。上には書物や紙が山のように積んであり、その山の向こうに座っているのが、皇帝陛下ご本人のようだ。

皇帝にしか許されない青龍の刺繍が入った黒衣を身に纏い、こちらに背を向けて誰かと話をしている。

「皇帝陛下。本日より後宮に入ります、曹妃です」

商儀様の言葉に、後ろを向いていた皇帝陛下が話を止めた。

私は頭と目線を下げ、手を体の前で組んで低く礼をとる。

「青龍国皇帝陛下。曹明凛がご挨拶をいたします」

「…………明凛だと？」

皇帝陛下が手に持っていた筆をコトリと床に落とした。そして激しい音を立てて長《なが》床几《づくえ》の上に両手を突いた。

何が起きたのかと、私は恐る恐る、視線を上げてみる。

（……ん？　この顔？）

「あれ？　まさか……あなたはあの時の軽薄男……むうっ！」

皇帝陛下に向けて無礼な言葉を漏らそうとしたことを察したのか、商儀様が背後から慌てて私の口を押さえる。

「明凛……あの黄明凛じゃないか⁉　商儀、これはどういうことだ？」

「さあ？　どういうことでしょうね、曹妃？」

口を塞がれて言葉が出てこないのだが、どういうことか聞きたいのはこちらの方だ。

（私が二度も川に突き落とした上に軽薄男と罵ったあの翔永様が、実は青龍国第十四代皇帝陛下、青永翔様だということ⁉）

こぼれ落ちてしまいそうなほどに目を丸くした私の顔を覗き込みながら、商儀様は満足気にニタリと笑った。

◇

翔永様との驚きの再会を果たした数刻後。私は後宮にあてがわれた自分の住まい、馨佳殿《きょうかでん》の房室《へや》の中で呆然としていた。

『ねえ、ちょっと明凛。ぼんやりしちゃって一体どうしたのよ』

「琥珀様……。私、ものすごく無礼なことをしてしまったかもしれません」

『あら、そう。こうして入内《じゅだい》したばかりのモブ後宮妃は、いきなり後宮をクビになるのでした～』

「もう、琥珀様！　クビで済んだらマシな方です！　板とか棒で打たれたり、磔《はりつけ》にされたりするかも」

『あなた、一体何をやらかしたの？』

「何をやらかしたかというどころの話じゃないんです……」

いくら翔永様が皇帝陛下ご本人だと知らなかったとは言え、川に落とし、そしてまた川に落とし、挙句の果てに『軽薄男』呼ばわりまでしてしまったのだ。

私にとっての皇帝陛下は、前世で階段を踏み外すほど夢中になった玲玉記の憧れの登場人物。いわゆる、推しだ。

永翔と玉蘭のカップルが好きすぎて、彼らの台詞は暗記するくらい何度も読み返したほどの相手だと言うのに。

(何が『皇帝陛下をお守りする』よ！　川に落として怪我までさせておきながら……)

私は目の前にあった卓子《つくえ》に両肘をついて手を組み、天に向かって祈りを捧げる。なんだか宗教が違う気もするが、今はそんなことに構っていられない。

「……神よ、短い命でした。でも悪いのは私です。たとえ生まれ変わっても、私はずっと皇帝陛下と鄭玉蘭様の幸せを願っております」

『ねえ、誰に言ってるの？　今死んだら明凛も私みたいに幽鬼になるだけよ。推しの二人の恋愛模様を覗き見するのを楽しみにしてたんでしょ？　この世に心残りがありすぎて、生まれ変われるわけがないわ』

琥珀様は早速、私の新しい房室《へや》の中で気持ち良さそうにくるくると飛びまわっている。

自分の心残りがなんだったのかさえも忘れてしまったくせに、私が幽鬼になる心配をしてくれるなんて、琥珀様は相変わらず呑気だ。

しかし、悔しいが琥珀様の言うことは正しい。私は永翔と玉蘭が様々な困難を共に乗り越えながら、愛を深めていく様を近くで見たかった。

背中がぞわっとするほどの甘い台詞を流れるように吐く永翔を、ニヤニヤしながら覗きたかった。

「……玉蘭、愛している。私には其方《そなた》だけだ。……とか言っちゃうのかな」

『そうね。確か玲玉記の中でもデロデロに甘くてクサイ台詞を言ってたわ。何度生まれ変わっても玉蘭を見つけ出すよ！　とかなんとか』

「ちょっと強引に壁ドンして、お前の全てを奪おう！　とかね」

『其方《そなた》の唇は私のものだ、とか』

「そしていきなり牀榻《しんだい》に押し倒しちゃうとか？　いやあぁっ！　奪っちゃって！　全てを！」

妄想のあまり鼻血が出そうになった私は、鼻をつまんで上を向く。

……ああ、生きていたかった。

あの時川べりで午睡《ひるね》なんてしなければ。

それに、お祭りで橋の下なんて覗かなければ。

そうすれば、お忍びで都に下りた皇帝陛下に出くわすことなんてなかったはずだ。

（――あれ、ちょっと待って。私があの時川に落としたから、皇帝陛下は玉蘭に出会えなかったなんてこと……ある？）

「大変だわ！　私ったら罪深いことをしてしまったかも！」

「……何が罪深いのだ？」

「………⁉」

突然聴こえた低い声に振り返ると、私の目の前には翔永様――ではなく、青龍国第十四代皇帝、青永翔様が立っていた。

「へっ、へへへいかっ！」

思わず床に下りてスライディング土下座をしようとした私の両肩に、陛下の温かい手がそっと置かれる。

（えっ……まさか刑場までも行かず、この場で絞殺なの⁉）

「うう、陛下。どうぞ躊躇《ためら》わず、一瞬で殺《や》ってください……」

「ん？　何を言うのだ、とにかく顔を上げて、座ってくれ。私を二度も川に落とした黄明凛よ」

「ひいっ！　その節は、その節はぁぁっ！」

川に落とされたことを、やはり陛下はしっかりと覚えていた。

なかなか顔を上げない私に苛立ったのか、陛下の両手にぐっと力が入り、無理矢理私の体が起こされる。

鼻と鼻が触れ合うのではないかというほどの至近距離。ずっと憧れていた皇帝陛下と、まっすぐに視線が合った。

(うわぁ……やっぱり、あの時の翔永様だ)

午睡《ひるね》をしていた私を起こしてくれた翔永様は、私が額の花鈿《かでん》で毒の浄化をした相手だ。あんなに近くで見た顔を見間違うはずがない。

私が川に落として軽薄呼ばわりしたのは間違いなく目の前にいるこの人——青龍国の皇帝陛下だったのだ。

「明凛」

「……はい」

「其方《そなた》はなぜここに？　商儀に何か言われて、騙《だま》されて連れてこられたんじゃないのか？」

陛下の眼差しは真剣だ。こんな近くで推しに見つめられていると思うと、息ができなくて頭がくらくらする。

（商儀様ったら、陛下に何も話を通していないのね。曹先生の養女になったこともご存知ないようだし……）

刑罰を受けるのではという緊張感に包まれたまま、私はとりあえず後宮に来た経緯を説明することにした。

陛下に偶然出会う前から、宮女《きゅうじょ》試験を受けて後宮入りしようと思っていたこと。

毒を浄化できる力を偶然商儀様に知られてしまい、陛下の毒見役として働くことになったこと。

そして、曹先生から出された二つの条件について。

私の仕事はただの毒見役であり、仮初《かりそめ》の妃であることも伝えた。

琥珀様は私の長い話に飽きたのか、いつの間にか牀榻《しんだい》に寝転んですうすうと寝息を立てている。

今の私は、馨佳殿の房室《へや》に憧れの皇帝陛下と実質二人きりだ。陛下が私の言葉に頷いた時の袖の衣擦れの音までが、推しと対峙する私の心をキュンキュンと締め付けた。

（ああ、もう心臓が破裂しそう……）

私の話を聞いてしばらく考え込んでいた陛下は、一度大きくため息をついてから私を見つめる。

「明凛。其方《そなた》の事情と商儀の思惑は大体分かった」

「はい。それで私は絞殺ですか……？　それとも磔《はりつけ》でしょうか……」

「何を言うのだ。其方《そなた》が私を川に落とした罪は更に重いぞ」

「ええっ！　絞殺でも足りないと⁉　まさか、体を牛馬に轢《ひ》かせて八つ裂きとか……？　酷い、酷すぎる」

頭を抱える私を見ながら、なぜだか陛下はお腹《なか》を抱えて笑っている。

さすが、国を一つ背負って立つほどの御方は一味違う。目の前でか弱き乙女が処刑されそうになっているというのに、それを見て爆笑するなんて。

私が憧れていた皇帝陛下の素の姿は、私の想像とは少し違ったようだ。

「……ははっ！　すまない、笑いすぎた。其方《そなた》に頼みたいことがいくつかある。聞いてくれるか？」

「はい、もうどうにでもなれ！　っていう気持ちです。なんでも仰ってください！」

「私が曹侯遠の元を訪ねたことを、明凛も知っているはずだ。実は、侯遠を政《まつりごと》の場に復帰させたいと思っていてね」

「曹先生を、官職に？　そう言えば商儀様もそんなことを仰っていたような……」

「そうだ。しかし、とうの昔に隠居した侯遠を呼び戻すのは簡単なことではない」

「曹先生ほど青龍国を愛する忠臣は他にいません。先生はこの国になくてはならない存在。ぜひ陛下のお側に置くべきだと、私は思いますが」

「分かってもらえるなら話が早い。そのために其方《そなた》に働いてもらいたいのだ」

私は目をぱちくりさせて陛下を見つめた。

陛下のお毒見係として働くこと以外にも、私にできるお仕事があるらしい。

毒を浄化することくらいしか特技はないけれど、それでも大丈夫だろうか。

陛下は胡坐《あぐら》をかいていた足を解くと、私の方にずいっと近寄り声をひそめる。

「青龍国の実権は今、実質的に皇太后が握っている。それは全てこれまでの私が至らなかったせいだ」

(知ってる。大切なお母様を亡くし、自分の毒見係が目の前で亡くなっていくのを見てショックを受けた陛下は、廃人のようになって宮に閉じこもってしまうのよね)

「しかも今皇太后は、私の生母である楊淑妃を皇統から除名しようと企んでいる。十五年も前の出来事を今更蒸し返して、母に罪を着せようとしているのだ」

(それも知ってる！　楊淑妃の名誉を奪い、それを足がかりにして陛下を帝位から引きずり下ろそうとしているのよね)

辛い境遇に置かれながらも事態を淡々と説明する陛下が不憫で、私は目頭を熱くした。

陛下は幼い頃からずっと、この後宮で一人きりで戦ってきたのだ。その上、陛下を支えてくれるはずの鄭玉蘭とも、私のせいでまだ出会えていない。

気が付くと、私の目からは涙がこぼれ落ちていた。

それを見た陛下は少し驚いた表情をし、黙り込む。

「……なぜ泣くのだ」

「え？」

幼い頃から辛い思いをしてきた陛下が、こうして無事に成長して強く敵に立ち向かおうとしている姿を見て感極まりました！　……なんて言えるわけがない。

「ええっとですね、新しい仕事を与えていただけることが嬉しくて、つい涙が出てしまいました」

心にもないことを言って誤魔化してみるが、台詞だけ聞けばまるでブラック企業の社畜のようだ。

「なるほど。それは良い心がけだな。それでは私が今から頼む仕事を、誠心誠意やってくれるということかな？」

「もちろんです！　陛下を川に二度も落としたお詫びの気持ちを、しっかりと労働でお返しします！」

牛馬に轢《ひ》かれて処刑されることに比べたら、仕事が一つ増えるくらいどうってことはない。私は涙を拭うと、やる気に溢れた姿を見せるために背筋を伸ばした。

「私にもできる、簡単なお仕事ですか？」

「ああ、そうだな。逆に言うと、其方《そなた》にしかできない仕事だ」

そういうことならお任せあれ。

陛下と私はお互いに見つめ合い、同時ににっこりと微笑んだ。

陛下が馨佳殿を去ってしばらくすると、牀榻《しんだい》の上でいびきをかいて寝ていた琥珀様が目を覚ました。

呑気にあくびをしながら、ふんわりと私の方に飛んでくる。

『おはよ。で？　あなたの新しい仕事ってなんだったの？』

「琥珀様、寝ながら私たちの話を聞いてたんですか？」

『まあ、うっすらとね。それで？』

陛下から私への頼み事というのは、とんでもない内容だった。

誰にでもできる簡単なお仕事だと言ったのは真っ赤な嘘で、私は先ほどから一人、途方に暮れている。

「陛下は曹侯遠先生を官職に戻したいそうです。でも今は皇太后が祖国である玄龍国出身者ばかりを登用し、要職を固めている。だから、曹先生を復職させようとしても反対されて終わるだろう、と」

『それはそうよね。古参の青龍国重臣と皇太后の側近たちの対立構造ができちゃってるからね』

「……でも、もしも私が後宮で力を持てば、養父である曹先生を呼び戻しやすくなるでしょう？」

『明凛が後宮で力を持つって？　ぼんやりして頼りないあなたに、そんなことできるの？』

琥珀様はさらっと私の悪口を言ったが、今の私にはそれに構っている余裕はない。

皇帝陛下の話を思い出して恥ずかしさに顔が熱くなった私は、両手で顔を隠して牀《しん》榻《だい》の掛布に潜り込んだ。

『何をそんなに恥ずかしがっているのよ。で、一体どうするの？　どうやって後宮を牛耳《ぎゅうじ》るつもり？』

「……陛下が、これから毎晩この馨佳殿に通うんですって」

『っはあ⁉　これまで後宮に一切見向きもしなかった皇帝が？　私の知ってる玲玉記と、展開が違うわよ！』

琥珀様は驚きすぎたのか、突然床に落っこちた。

ぶつけた腰をさすりながら、何度も「信じられない」とブツブツ呟いている。

(語り手《ナレーター》の琥珀様ですら、想定外の展開なのね)

信じられないのは私も同じだが、現に皇帝陛下がはっきりとそう言ったのだから仕方がない。

ここ青龍国皇帝の後宮には、古参の青龍国官吏の娘たちを中心に、多くの妃嬪《ひひん》たちが暮らしている。

……にもかかわらず、陛下の寵愛を受けた者は、これまでただ一人もいない。

もしも私が陛下に寵愛されているという噂が広まれば、官吏たちはこぞって私に取り入ろうとするだろう。私の養父である曹先生の復職を後押ししてくれる勢力も増えるはずだ。

（そういえば商儀様も、私が寵を得れば曹先生も復帰しやすいとかなんとか言ってたものね。最初からこれを見越して私を曹先生の養女にしたんだわ）

自分で言うのも烏滸《おこ》がましいが、黄家はかなりの名門だ。父は前《さき》の皇帝陛下から重用され、将軍という地位を賜っている。

側室の子ということが多少の枷にはなれど、黄家から入内《じゅだい》することは可能だったはず。商儀様はそこをあえて私を曹先生の養女とし、毒見役という役割を利用して皇帝陛下の側で仕えさせた。

陛下が私に近付けば、おのずと曹先生の地位も高まっていくという寸法だ。

他の妃嬪《ひひん》たちは私がただの毒見役であることを知らないから、上手い具合に嫉妬して噂を広めてくれるに違いない。

商儀様の狙いは、そんなところだろうか。

玲玉記では目立った存在ではなかったが、さすが皇帝陛下の側近。作戦通りに物事が進み、商儀様がしたり顔で笑っているのが目に浮かぶ。

皇帝陛下を支えるために入内《じゅだい》したのに、なんだか彼に出し抜かれたような気がして、少し腹立たしい。

『……でも、明凛。商儀との約束では、皇帝はあなたに手を出しちゃ駄目なんじゃなかった？　どうするの？』

「手を出すって……そんなんじゃなくて、陛下はここに来て私と一緒に食事をして眠るだけですよ。それに、陛下が結ばれるべきは鄭玉蘭だけ！　琥珀様もよくご存知じゃないですか。玲玉記の語り手《ナレーター》なんだから」

『そうよね。でも玉蘭が登場する前に、完全に明凛の方が皇帝に懐かれちゃってるじゃないの。川に落とした相手に懐くなんて、皇帝もなんだかおかしいわよね』

「陛下を川に落として風邪までひかせてしまったのは私ですから、責任取って任務は果たしますよ。こうなったら曹先生には、早く政《まつりごと》の場に戻ってきていただかないと！」

これからは仮初《かりそめ》の妃どころか、仮初《かりそめ》の寵愛まで受けることになる。

あの美形を見ながら食事をするだけでも鼻血が出そうで怖いのに、まさかこれからは陛下の寝顔まで拝めてしまったりするのだろうか。

(私の心臓、大丈夫？　耐えられる？)

玲玉記のストーリーにはなかった新しい展開に、心の準備が全く追いつかない。

(でも、考え込んだって仕方ないわよね)

「琥珀様！　玲玉記では、この後の展開はどうなるんでしたっけ？」

『青龍国皇帝の後宮では、入内《じゅだい》した翌日に皇太后や他の妃嬪《ひひん》たちに挨拶に回るのが慣例となっているのでした〜』

「……ナレーションありがとうございます。つまり明日私は、陛下の宿敵であり玲玉記の主人公、皇太后にいきなりご対面ということですね」

『他の妃嬪《ひひん》の皆様へのご挨拶もお忘れなく。今の後宮を牛耳《ぎゅうじ》っているのは、蔡妃《さいひ》よ』

「蔡妃!?　蔡妃と言えば、玉蘭をいじめ抜く意地悪妃じゃないですか！」

登場人物の中で、玉蘭にことごとく嫌がらせをしてくるのが、この蔡妃――蔡蓮《れん》房《ほう》だ。

蔡妃の父親は青龍国古参の重臣で、前《さき》の皇帝の時代から長きにわたり政《まつりごと》の中心で力を振るっている。玄龍国出身者で周りを固める皇太后が唯一、手を出せない相手だ。

(蔡妃の父親がいるから、かろうじて青龍国は玄龍国に呑み込まれずにいられる。そんな重要人物の娘が、ただの意地悪後宮妃だとはね)

玲玉記の世界で蔡妃が玉蘭を嫌っているのは、自分が得られなかった皇帝陛下の寵愛を、鄭玉蘭が一瞬で奪っていったからだろう。

しかし幸か不幸か、玉蘭はまだ後宮に現れていない。

この馨佳殿に陛下が通うようになれば、玉蘭の代わりに私が蔡妃のいじめの対象になる可能性だってある。

（ああ、前途多難だわ）

皇太后にも蔡妃にも目を付けられないよう、穏便に明日のご挨拶を終わらせなければならない。

玉蘭が入内《じゅだい》する前に彼女たちから目を付けられようものなら、陛下をお守りするどころか自分が先にやられてしまうかもしれない。

「頑張らなきゃ……！　って思ったら、なんだかお腹《なか》がすいてきました」

『当然よ、夕餉《ゆうげ》の時間はとっくに過ぎてる』

「あれ？　私のごはん、ないの？」

殿舎に運ばれてくるはずの夕餉《ゆうげ》が届かないのは、入内《じゅだい》した妃嬪《ひひん》たちが一度は必ず経験する道。つまりは、

（――新人いじめってことかぁ）

翌朝に皇太后との対面を控え、私は空腹に耐えながらなんとか眠りにつくので

あった。

◇

「命運が尽きましたね、皇帝陛下。……いいえ、青永翔」

夕陽で染まった広場に倒れ込む永翔の前に、殿舎の裏から大勢の足音が近付いてくる。

「夏玲玉……！　あなたは皇帝に仕えるべき禁軍《きんぐん》まで操っていたのですか⁉」

死をも覚悟せざるを得ない状況に、永翔は臍《ほぞ》を噛む。味方だと信じていた者にことごとく裏切られ、最後は禁軍《きんぐん》までもが自らに刀を向けるとは。

左右から腕を押さえ込まれ、永翔は地面に膝を突いた。

手にしていた剣は既に奪われた。その場で項垂れる以外に、永翔にできることは何もない。

そこに、西門の方から駆けてくる女の姿がある。皇帝の寵愛の証である紫色の襦裙《じゅくん》を風に揺らし、必死で止めようとする周囲の手を振り払いながら近付いてくる。

「玉蘭！　来るな！」

「永翔様……‼」

今にも泣き出しそうな顔で永翔の前に倒れ込んだのは、皇后の鄭玉蘭だった。彼女だけはこの政争に巻き込むまいと、後宮から救い出す手筈を整えていたと言うのに。

しかし永翔の願いも空しく、禁軍《きんぐん》は玉蘭の背中に容赦なく刀を向ける。

「皇太后陛下！　永翔様は皇太后陛下を裏切るようなことはなさっていません。全て誤解なのです。せめて一度、弁明の場をいただけませんか」

「……邪魔ですよ、玉蘭。青永翔が、私の命を奪おうと謀ったのは明白な事実。今更弁明など聞きたくありません。誰か、皇后を連れていきなさい」

「──玉蘭に触れるな！」

結い上げた髪を乱暴に掴まれて地面を引きずられる妃の姿を前にして、永翔は最後の力を振り絞った。左右の兵をねじ伏せて体の自由を得ると、玉蘭の髪を掴んでいる男に全身で体当たりする。

男を突き飛ばした勢いで地面に倒れ込んだ永翔が身を起こそうとした次の瞬間にはもう、別の兵が永翔に向かって刀を振り上げていた。

「……永翔様！」

兵の刀が永翔に向かって振り下ろされるのと、玉蘭が永翔に向かって駆け寄るのは、同時だった。

刀が風を切る鋭い音の後、永翔と玉蘭はもつれ合うようにして地面に倒れる。

地に打ち付けられた玉蘭の体から、大量の赤い染みが広がった。

「玉蘭！　其方《そなた》、なぜ……！」

「……永翔……様。最後まであなたをお守りできず、申し訳ありません……」

「何を言う!?　其方《そなた》はなぜここに……後宮で待っていろと、必ず後宮から助け出すと言ったではないか!?」

「永翔様を置いて私だけ逃げるなど、そんなことできましょうか……私たちはずっと、一緒なのでしょう？」

「そうだ、玉蘭。私たちは死んでもずっと一緒だ。私もすぐに其方《そなた》を追うから安心して待っていなさい。何度生まれ変わったとしても、必ず玉蘭を探し出すよ」

永翔の言葉を最後まで聞かぬまま、玉蘭の長い手足は力なく地に垂れた。

◇

「……うわあぁっ、ぎょくらーんっ！　死なないでっ！」

『…………明凛、うるさいわよ』

牀榻《しんだい》から飛び起きた私の頭上で、幽鬼の琥珀様が冷たく言い放った。

（あれ、ここは馨佳殿？　じゃあさっきのは夢か……）

昨日皇帝陛下と間近で喋ったからだろうか。前世で読んだ玲玉記の一場面を思い出し、夢に見てしまったようだ。

皇太后に冤罪をかけられた永翔を庇《かば》って命を落とす玉蘭。それまでなかなか打ち解けられなかった二人が、ようやく結ばれた直後の悲劇。

壮絶で悲しい二人の最期は、涙なしには語れない。

「やっぱり、永翔と玉蘭には幸せになってもらわなきゃ。そのために、私が後宮でやらないといけないことがたくさんある」

『まずは玉蘭の入内《じゅだい》を待つでしょ、そして二人をくっ付ける。皇太后から皇帝の命を守りながら、冤罪をかけられないように裏で手を回すのね』

「言うは易く行うは難し……気を引き締めなきゃ」

この広い後宮で私に協力してくれるのは、幽鬼の琥珀様ただ一人。

しかしその琥珀様だって、本当の意味で私の味方なのかどうかは怪しいところだ。

琥珀様は一体なぜ、私にとり憑《つ》いたのか。

死してなお残るほどの強い恨みを持ち、幽鬼になってしまったのはなぜなのか。

私は琥珀様のことを何一つ知らない。かと言って琥珀様本人も、幽鬼になった時に生前の記憶を失くしているのだから、ご自分のことはよく分かっていない。

すぐ側にいるようで、遠い存在。

私たち二人の関係を言葉にするならば、そんなところだ。

琥珀様と私の協力関係は、実は脆くて危ういものなのかもしれない。

「今日は皇太后へのご挨拶の日だから、琥珀様は馨佳殿《ここ》でお留守番していてくださいね」

『なぜ？　私の姿は誰にも見えないんだからいいじゃない。まあ、怒った時に出る燐《りん》火《か》は人に見えてしまうらしいけど。怒らなきゃ大丈夫でしょう？』

「……燐火《りんか》ってなんですか？」

『ほら、よく墓地とかに飛んでるのを見たことない？　死者から抜け出た青白い人魂《ひとだま》のことよ。あの人魂《ひとだま》の正体は、幽鬼の体から出ている怒りの力なの』

「墓地に飛んでる人魂《ひとだま》なんて、本でしか読んだことないですよ。あれの正体って幽鬼の怒りだったんですね」

こんな爽やかな朝に墓地でもないところで燐火《りんか》がふわふわしていたら、後宮中が大騒ぎになることだろう。琥珀様が側にいてくれればもちろん心強いが、ここは一人で頑張るしかない。

私は何度も琥珀様を説得し、なんとか馨佳殿に残ってもらうことにした。迎えに来た宦官《かんがん》と共に、一人で皇太后にご挨拶に向かう。

玲玉記の主人公、皇太后・夏玲玉は玄龍国の公主《こうしゅ》で、前青龍国皇帝の妃だ。五年前、前《さき》の皇帝陛下が崩御するのと同時に新皇帝・青永翔の摂政となり、青龍国の実権を握った。

小説の中の玲玉は、今朝私が夢に見た通り、皇帝陛下に冤罪をかけて亡き者とし、青龍国最初の女帝となる人物だ。

前世の私は最終巻を読む前に死んでしまったから、実を言うと玲玉記の結末を詳しく知らない。

玲玉が青龍国を手に入れようとしたのは、国を自分のものにしたいという野心からだったのか、それとも他にも理由があったのか。

皇帝や皇后を亡き者にしてまで手に入れる女帝の座は、幸せだったのだろうか。

(そしていよいよ私は、その皇太后と対面よ)

宦官《かんがん》に連れられた私は、皇太后が待つという朱塗りの柱に囲まれた殿舎に入った。


「皇太后陛下。曹侯遠の娘、曹妃が参りました」

だだっ広い殿舎の中に、宦官《かんがん》の高い声が響く。

簾《すだれ》の向こうにゆらりと動く人影が見えるが、私のいる場所からでは顔ははっきりと見えない。しかし数名の宦官《かんがん》や侍女に囲まれて中央にゆったりと座るその姿から、その人影が皇太后であることはすぐに分かった。

簾《すだれ》のこちら側には何人もの妃嬪《ひひん》がずらっと集まっているというのに、殿舎は沈黙に包まれ、重苦しい空気が漂っている。

皇太后に一番近い場所に座っている妃嬪《ひひん》の一人と、ふと目が合った。恐らくこの人が玉蘭をいじめる主犯格、蔡蓮房だろう。

青龍国後宮の中で最も父親の身分が高い蔡妃は、後宮の妃嬪《ひひん》を取りまとめる役割を担っている。皇太后に次ぐ上座に座っているのも、その身分の高さ故だ。

私は床に膝を突き、宦官《かんがん》に教わった通りに頭を床まで下げて礼をした。

「皇太后陛下、曹明凛がご挨拶をいたします」

床の敷布の上に、礼をした私の額が触れる。それと同時に、皇太后の手前にかかっていた簾《すだれ》がゆっくりと上げられる音がした。

ここで失態を演じて皇太后や蔡妃に目を付けられるわけにはいかない。

私は事前に聞いていた作法に則って、頭を下げたまま皇太后の言葉を待つ。

想像していたよりも儚くて弱々しい声を聞き、私は顔を伏せたままゆっくりとその場に立ち上がる。

「顔を上げなさい」

上げられた簾《すだれ》の向こうから、皇太后・夏玲玉が一歩一歩こちらに近付いてきた。

私は両手を体の前で組み、皇太后の足音が近付くのを静かに待つ。すぐ側で皇太后が立ち止まったのを確認すると、ゆっくりと顔を上げた。

（……この人が皇太后なの？　なんだか意外だわ）

華奢な体に弱々しい声。小柄な体に不釣り合いなほど大きな牡丹をあしらった襦裙《じゅくん》。結い上げた髪に重さで首が折れるのではないかと思うほどに大きな飾りを付け、つんと顎を上げてこちらを見ている。

周りを威嚇するためにわざと派手な身なりをして、自分を大きく見せているようにも感じてしまう。

「……おや。お前はなんだか変な匂いがするね」

（へっ、変な匂い⁉）

私が何も言えずに固まっていると、皇太后はゆっくりと私の顔に鼻を近付けた。思わず後ろに仰け反るが、彼女の鼻先はそのまま私の額の辺りをゆらゆらと彷徨《さまよ》う。

（まさか……私の花鈿が匂うっていうこと？）

突然縮まった二人の距離に、私は息を止めて目をぎゅっと閉じた。しばらく耐えているうちに、額に感じていた皇太后の気配が静かに遠のいていく。

私は細く息を吐きながら、恐る恐る片目を開いた。

「曹妃。後宮におかしなものを持ち込むのはおやめ」

皇太后は怪訝そうに眉をひそめてそれだけ言うと、私から離れ、上げられた簾《すだれ》の向こうに戻っていく。宦官《かんがん》に手を添えられて皇太后が腰かけようとしたところに、手前にいた妃が声をかけた。

「皇太后陛下、恐れながら一つよろしいでしょうか？」

「蔡妃。何か気に入らないことでも？」

やはり、私と先ほど目が合った妃は、蔡妃で間違いないようだ。

切れ長の目、ほっそりとした顔立ち、妖艶さを醸し出す口元の黒子《ほくろ》。

（あの人が小説に出てくる玉蘭いじめの主犯格、蔡蓮房……いかにも意地悪で生意気そうな顔！）

私はそんな失礼なことを考えながら、蔡妃の次の言葉を待つ。

蔡妃は皇太后と目を合わせることなく、少し頭を下げたまま口を開いた。

「皇太后陛下。曹妃がおかしなものを持ち込んだ……とは、どういうことでしょう？もしや、曹妃から毒の香りでもいたしましたか？」

皇太后の薄い眉がぴくりと動く。

「……毒とは。何が言いたいのです？　蔡妃」

「いいえ。皇太后陛下が曹妃に対して変な匂いがすると仰ったものですから。もしもそれが毒の香りなのだとしたら、私も一度その香りを嗅いで知っておきたいと思っただけでございます」

「……」

艶《つや》めかしくニッと微笑んだ蔡妃に向けて、皇太后の氷のような視線が注がれる。

(うわぁ、いきなりとんでもないものを見てしまった気がする)

辺りに広がる凍てつく空気の中で、私はひゅっと息を呑んだ。

後宮入りして早速出くわした、女同士のドロドロした戦い。

恐らく先ほどの蔡妃の言葉には、裏の意味が込められているのだろう。

『毒の香りを知らない私とは違って、皇太后陛下は毒の香りをご存知なのですね』

蔡妃が意図するのは、そんなところだろうか。

つまり蔡妃は、後宮で起こる毒殺事件には皇太后が関わっているのではないかと、暗に指摘したのだ。その上「曹妃から毒の香りでも……」と言ったところに、新入りの私に対しての牽制の意味まで込められている。

(ひえっ！　怖いよ、女同士の戦い……！)

後宮は、噂に違わぬ恐ろしい場所だった。口にする言葉の一つ一つが相手への牽制にもなるし、失敗すれば自分の命取りにもなりかねない。これでは、たかが挨拶一つとっても油断できないではないか。

蔡妃は皇太后の返事を待つこともなく立ち上がった。かと思うと、薄い青色の披帛《ひはく》をふんわりと揺らしながら、私の方に向かって来る。

「曹妃」

「はい、蔡妃！　お初にお目にかかります、私は曹明凛と申します」

私が礼をとろうとすると、蔡妃は手を伸ばしてそれを制止した。そして私の右腕を取り、そのまま殿舎の入口の方に腕を引いていく。

（えっ⁉　ちょっと待って！　皇太后はあのまま放っておいていいの？）

私たちが殿舎の敷居をまたいだところで、中から茶器が割れたような高い音が響いてきた。蔡妃の失礼な態度に皇太后が癇癪《かんしゃく》を起こしたのだろうとすぐに分かったが、当の蔡妃はその音を聞いてもくすくすと笑うばかり。

「曹妃。あなたのこと、明凛と呼んでもいいかしら？」

「……も、もちろんです。蔡妃」

皇太后のことなどどうでもいいといった様子の涼しい顔で、蔡妃は私の顔を覗き込む。

「ねえ、明凛。私はこの後宮の全てを任されてはいるけれど、元は辺境の生まれなのよ。野山を駆け巡って育ったから、この後宮に慣れるのにも時間がかかった」

「蔡妃、それは意外です。お言葉も所作もとてもお美しいので……」

なんと返せば正解だったのかは分からないけれど、蔡妃の機嫌は悪くない。

皇太后に嫌味を言って、新入りの私のことを牽制し、挙句の果てにこうして皇太后に背を向けて挨拶もそこそこに殿舎を後にした蔡妃。

政《まつりごと》の場では青龍国と玄龍国が対立しているというが、ここ後宮でも玄龍国側の皇太后と青龍国側の蔡妃という対立が存在するようだ。

皇帝陛下と鄭玉蘭を守りたい私にとっては、残念ながらどちらの勢力も敵になってしまうのであるが。

「明凛。どんなに美しく着飾ったところで、皇帝陛下はほとんど後宮にはいらっしゃらないのよ」

「……そうなのですね」

「ええ。だから陛下の訪《おとな》いがないからと言って、あまり気に病まないようにしてちょうだい。何か困ったことがあれば、私になんでも相談してね」

「はい、蔡妃のお心遣いに感謝いたします」

言葉ではそう言いつつも、私はこの後蔡妃を裏切ることになる。

後宮に寄り付かなかったはずの皇帝陛下は、これから頻繁に私の住む馨佳殿に通うことになるのだから。

今でこそこうして微笑んでくれてはいるが、近いうちに蔡妃は私を敵視するようになるだろう。玉蘭の代わりに、私が彼女のいじめの対象になることは目に見えている。

(怖気《おじけ》づいちゃ駄目よ。今朝夢で見たばかりじゃない。蔡妃にいびられようと皇太后

に臭いと言われようと、私のやるべきことは変わらない。皇帝陛下と玉蘭を守らなきゃ）

気合いを入れるために私がブンブンと首を横に振ると、蔡妃は呆《あき》れたように「あらまあ」と細い目を見開いた。

◇

皇太后と蔡妃への挨拶を済ませた私は、馨佳殿に戻るやいなやぐったりと眠り込んでしまっていた。

よほど気を張って疲れていたのか目覚めた時にはもう夕方で、私の様子を心配した侍女の子琴が「死んだのかと思った」と言って慌てている。

（皇太后と会って、死ぬほど緊張したのは確かだけどね）

皇太后は私の額の花鈿《かでん》の匂いをかぎ、後宮におかしなものを持ち込むなと宣《のたも》うた。

（この花鈿《かでん》が、おかしなものだと言うの？）

手鏡で、真紅の花鈿《かでん》の存在を確かめてみる。

見た目はごく普通の花鈿《かでん》だし、この程度のものなら今どき誰でも描いている。

この花鈿《かでん》に、私が過去に浄化した毒の香りでも残っているというのだろうか。

（もしくは、毒じゃなくて幽鬼の匂いが体に染みついているとか？）

しかしそれなら、皇太后が私の額にだけ反応したのは不自然だ。

（日々こうして琥珀様に憑《つ》きまとわれているんだから、幽鬼の匂いは私の全身に染みついているはずだし……）

頭を抱える私の元に、再び子琴が慌てて走ってきた。

「明凛お嬢様！」

「子琴、さっきから慌てすぎじゃない？　どうしたの？」

「皇帝陛下がこれから馨佳殿にいらっしゃるそうです！」

「……！」

有言実行とはこのことだ。

普段後宮には見向きもしない陛下が私を寵愛するフリをすると宣言したのが、つい昨日の話。

私の養父となった曹侯遠先生を官職復帰させるために、陛下が私のいる馨佳殿に通い、『皇帝が曹侯遠の娘を寵愛している』という噂を巻き起こすのが狙いだ。

（それにしても、昨日の今日なんて……早すぎる！）

私としたことが、皇太后と蔡妃の迫力に圧倒されてすっかり陛下のことが頭から抜けてしまっていた。

私にとって、皇帝陛下は鄭玉蘭と共に憧れの存在。推しを目の前に食事の毒見をするだけでも緊張するというのに、話はそれだけでは終わらない。

（私たちは二人で一緒に、一緒に、一緒に……！）

「朝まで寝るなんて！」

「えっ！　明凛お嬢様、まさかまた寝るおつもりですか⁉　さっきまで一日中午睡《ひるね》をしてたのに？」

食事を運んできた子琴が、私の叫び声に目を丸くして飛び上がる。

「……ごめん、もう寝ません。ちゃんと起きて陛下を待ってる」

「そうですよ！　二日連続で皇帝陛下が通っていらっしゃるなんて、過去に例がないらしいですよ！　早速他の妃嬪《ひひん》の侍女にいじめられそうです……」

泣き言を漏らしながらも、子琴は卓上に次々と食事の皿を並べていく。

どこからどう見ても皇帝陛下と私、二人分の量だ。

皿を並べ終わって子琴が房室《へや》を出ると、それを見計らっていたようにどこからともなく琥珀様が現れた。

『ほら、やっと明凛のやりたかった毒見のお仕事ができるじゃない！』

「そうですね。なんだかこのお食事、すごーく良い匂いがするし、毒なんて絶対入っていなそうですけど」

『あ、そう言えば今日の皇太后への挨拶はどうだったの？　何か粗相して目を付けられたりしてない？』

牀榻《しんだい》の上に寝転んで頬杖を付いた琥珀様は、興味津々な様子で私を見る。

せっかく美味しそうな食事の匂いで幸せな気分だったのに、琥珀様の言葉で一気に嫌なことを思い出してしまった。

皇太后・夏玲玉。

小柄で華奢で儚げで、それでいて得体の知れない迫力を持った不気味な存在。

皇太后に顔を近付けられた時のことを思い出すだけで、背筋が凍るように感じる。

「皇太后からは、後宮におかしなものを持ち込むなって言われて、花鈿《かでん》をクンクンと匂われました」

『あら、何よそれ⁉　花鈿《かでん》じゃなくて、明凛の生え際が臭《にお》ってたんじゃないの？　面白すぎるわ！』

「酷い……。もう皇太后のことは忘れます。これから毒見のお仕事をして、仮初妃《かりそめ》の務めを果たして……私は忙しいんですから」

『それって、ただ食って寝るだけの仕事じゃないの？』

琥珀様の悪態を無視して、私は目の前の蒸籠《せいろ》の蓋を開けてみる。すると、湯気の下からふっくらとした白身魚の料理が現れた。

「うわぁ……！　やっぱり美味しそう！」

『呆《あき》れた、もう開けちゃったの？　一人で食べるつもり？』

「待ちます、待ちますよ……。お腹《なか》がペコペコで、ちょっと覗いてみたかっただけです」

思えば後宮に来てからというもの、まともな食事を食べるのは初めてかもしれない。今朝は挨拶の準備で忙しかったし、昼は寝過ごしてしまった。

久しぶりの温かい食事の香りに、私のお腹《なか》はぐうっと音を立てた。

うっとりしながら蒸籠《せいろ》の蓋を抱き締める私に、房室《へや》の戸の向こうから子琴が遠慮がちに言う。

「明凛様、皇帝陛下がいらっしゃいました」

◇

この房室《へや》には今、皇帝陛下と私の二人きり。

食事を並べた卓子《つくえ》を挟んで向かい合って座って……くれれば良かったのだが。

（なんで隣に並んで座るのーっ！）

陛下はわざわざ食事の皿を自ら炕《かん》の上の小卓に運び、私を呼んで隣に座らせた。炕《かん》とは、前世でいう床暖房スペースのようなもの。今の季節、暖房として使ってはいないが、小上がりになっている炕《かん》の上は、沓《くつ》を脱いでゆったり寛ぐにはちょうどいい。

椅子に座って食事をするよりも、この場所の方が二人の距離はとても近い。

肩が触れんばかりの距離感に、私は緊張のあまりゴクリと唾を飲み込んだ。

陛下は体ごと私の方に向けて座り、片肘をついてニコニコとしながら私を見ている。

「……あの、皇帝陛下」

「なんだ」

「私はただの毒見係ですので、少し離れていただけませんか」

「毒見係か。そうだったな。しかし本当に大丈夫なのか？　少しでも不安があるなら、毒見などせずともよい。私も多少は体を毒に慣らしてあるのだから」

「いいえ！　そこは仕事ですし、私には毒を浄化するくらいしかお役に立てることがないので。大丈夫です」

……と言ってみたものの。

いざ毒見をしようにも、至近距離でまじまじと見つめられながら食べるのは、さすがに緊張する。

子琴も琥珀様も出ていってしまい、房室《へや》の中には私たちの他には誰もいない。私の唾を飲む音すら響きわたってしまうほどに静かなのだ。

食べ始めるのを躊躇《ちゅうちょ》して、私はそっと箸を置いた。

「明凛、どうした？　無理はしないでほしい」

「……いいえ、大丈夫です。いただきます」

（ええい！　いつまでも緊張していては、お仕事に差し支える！）

陛下は人間じゃない。茄子《なす》だ。茄子《なす》が私の隣に落ちているだけ。そう考えればどうってことない。

先ほど一度蓋を開けた蒸籠《せいろ》から白身魚を少し取り、小皿に載せる。毒見係の分際でたくさん食べるわけにはいかないので、遠慮がちの一口分だ。

「そんなにたくさん一度に食べて大丈夫なのか？」

心配性の茄子《なす》が、私の皿を覗き込みながらボソっと呟く。

言葉を喋るはずのない茄子《なす》の話は無視して、私は魚をパクッと口に入れた。

「……美味しい」

「そうか、毒はなさそうか？」

「これは大丈夫です。それに、とっても美味しいです」

「黄家ほどの名門であれば、この程度の食事は日常だろう？」

「いいえ、黄家ではいつも私だけ食事が別でしたから。こんなに柔らかい魚も、優しい味の餡も、初めていただいたかもしれません。とっても美味しい！　幸せだわぁ」

頬に手を当ててうっとりしながら食事を味わう私を見て、陛下はくっくっと笑い始める。

「明凜。私に対しては、いつもそうやって気安く接してくれないか。私が皇帝だと分かってからというもの、ずっと緊張していただろう？　私を川に突き落とした時の明凜とは、別人ではないかと思うほどだ」

「そ、その節は本当に申し訳ありません……」

「そんなことはもういい。これから毎日馨佳殿《ここ》で私と長い時間を過ごすのだから、気を遣っていると疲れるぞ。私たちは同志なのだから、お互い気楽にいこう」

(同志か。いい言葉だわ！)

陛下は私の花鈿《かでん》の力を借りて、皇太后の魔の手から身を守りたい。

私は養父である曹侯遠先生を官職に復帰させたい。

なるほど、お互いに利のある契約結婚だ。

私の本当の目的は陛下と玉蘭を守り、二人に幸せになってもらうことなのだけれど。

「陛下、お言葉に甘えさせていただきます。でも、私は毒見係としての役目はきちんと果たすつもりです。さあ、この魚は食べても大丈夫ですから、陛下もどうぞ」

私が渡した小皿に、陛下は恐る恐る箸を伸ばす。

白身魚を口に入れるのを見届けると、ついつい私の口元が緩んだ。

私が来るまでの間、陛下には食事を楽しむ余裕などなかったのだろう。安心した様子で何度も箸を口に運ぶ陛下を見ているうちに、ついつい目頭が熱くなる。

顔を背けてこっそり涙を拭うと、陛下が私の肩にぽんと手を置いた。

「陛下？」

「……明凛は、なぜいつも突然泣き始めるのだ？」

「えっ？　気が付いてしまいました⁉　申し訳ありません……陛下が毒を気にせず安心してお食事をなさっている姿を見ると、なんだかとても感慨深くて」

「其方《そなた》は変わっているな。まあ確かに、普段あまりまともな食事はしていない。こんなに食べるのも何年ぶりだろうか」

（やっぱり……。だから栄養が足りなくて、すぐ風邪をひいちゃうのよね）

知らぬ間に房室《へや》に戻ってきた琥珀様が、天井辺りでユラユラしながらくしゃみをした。

私は陛下に気付かれないよう、こっそり天井に目をやる。

『ねえ。今少し後宮をうろうろしてきたんだけど、皇帝が馨佳殿を訪れたらしいって、色んな人が噂してるわよ』

「…………」

『すぐそこまで、偵察しに来ている人もいたわ』

『明日の朝には後宮中の噂ね。皇帝が曹妃を溺愛しているって』

「で、溺愛っ⁉」

思わず天井に向けて大声を出してしまった私を見て、陛下が目を丸くして驚いている。

陛下には琥珀様が見えていないし、声も聞こえていないはずだ。この状況では、私が突然一人で叫び出したようにしか見えないだろう。

（琥珀様のせいで、おかしな人だと思われちゃう……！）

「明凛は、溺愛されたいのか？」

「ええっと⁉　そんなことは言ってません！　忘れてください！」

「其方《そなた》、そう言えばこの前もおかしなことを言っていたな」

「私がおかしなことを……？　なんと言いましたっけ？」

おかしな言動に、心当たりならたくさんあるのだが。

陛下は意地悪そうに笑いながら、じりじりと私の方に近付いてくる。

（いやだ、皇帝陛下ってこんなに人を惑わすような言動のキャラクターだったっけ？　心に傷を負う、不憫が服を着たような感じの設定じゃなかった？）

仰け反る私の腰に手を回し、陛下は鼻でふふんと笑う。

「其方《そなた》はまず、こう言った。『愛している、お前だけだ。と言ってほしい』」

「んんっ⁉」

「そして、『強引に全てを奪え』とかなんとか」

「……あ、うう、それは」

「『牀榻《しんだい》に押し倒して奪ってくれ』とも言っていたか？」

「〜〜〜っ‼」

誤解だ、完全なる誤解だ！

あれは私と琥珀様が、陛下と鄭玉蘭の恋愛について妄想しながら熱く語っていただけのもの。あの時の会話をまさか、陛下本人に聞かれていたなんて。

（しかも陛下には、琥珀様の声は聞こえていなかったはず。私が陛下に対して『押し倒して私の全てを奪ってほしい！』って言っているようなものじゃない⁉）

ますます近付いてくる陛下から逃げるように、私は後ずさりをする。

「陛下、誤解なんです！　あれは……あの時は本を読んで感想を述べていただけで、私自身の話ではありません」

「独り言だったと？」

「そうです！　私は断じて陛下に溺愛してほしいわけではありませんし、できれば陛下にはしばらく誰のことも溺愛せずに少々お待ちいただきたい……と……」

鄭玉蘭が現れるまでの間は、と言えればいいのだが。

「そうか、そう言うことか。分かった」

陛下はもう一度ニヤリと笑う。

何がどう分かったのかは知らないが、陛下は、炕《かん》から下りて牀榻《しんだい》の方に向かい、そのまま横になった。

「さあ、そろそろ寝るか」

「い、いきなり⁉　準備は？　食事はもういいのですか？」

「こんなに安心して食事を終えたのは久しぶりだ。明凛、ありがとう」

「陛下、話を逸らしてませんか？　寝るにはまだ早いですし、色々とお支度も……」

どうしたら良いのかも分からず、慌てているのは私一人。

陛下は私をからかうように、牀榻《しんだい》の上をぽんぽんと叩きながら待っている。

天井付近にいる琥珀様も、お腹《なか》を抱えてゲラゲラと笑っている。

(なんだか、疲れた……)

『こうして曹妃と皇帝は、二人だけのめくるめく夜を過ごすのでした～！』

ふざけながらナレーションしている琥珀様を、私はこっそりと睨みつけた。

私の牀榻《しんだい》で横になって寛ぐ陛下の横で、侍女たちが慌てて食事を下げていく。

陛下のこんな姿を見られたら、侍女たちのあらぬ想像を掻き立ててしまうのではないだろうか。

（これが陛下の狙い？　明日になれば、侍女たちが私と陛下の噂を後宮中に広めてくれそうね）

その後、子琴の力も借りてなんとか眠る準備を終えた私は、陛下の隣――牀榻《しんだい》の端っこの方に、恐る恐る寝そべった。

◇

「あら、あれが新しく入内《じゅだい》した曹妃かしら」

「嫌だわ、随分と派手に花鈿《かでん》を描いてらっしゃるのね。お化粧をまともにしたこともないご様子。きっと大した侍女も付けられないお家柄なのでしょう」

「旧官吏の養女になって入内《じゅだい》したとかいう話ですよ。あんな方のところに、あの皇帝陛下が足しげくお通いになるなんて……おかしな話だわ」

あえて私に聞こえるように陰口を叩くのは、豪華な襦裙《じゅくん》に身を包んだ妃嬪《ひひん》たち。襟ぐりからこぼれんばかりに豊かな胸元を見せながら、艶《つや》めかしい姿で早朝の庭院に集っている。

青龍国第十四代皇帝・青永翔様が、私の暮らす馨佳殿に通い始めてしばらく経った。

後宮に一切興味のなかった皇帝陛下の突然の変わり様がよほどの衝撃だったのか、「皇帝陛下が曹妃を溺愛している」という噂は後宮中に広まっている。

こうして散歩中に遠くで陰口を叩かれる程度ならば、いくらでも耐えられる。この我慢の先に陛下と玉蘭のキュンキュンラブストーリーが待っていると思えば、こんな嫌がらせなど可愛いものだ。

陰口を叩いている人たちにちらと目配せしてみるが、彼女たちはこれ見よがしに悪口を重ねる。

「今まで後宮に見向きもなさらなかった皇帝陛下が、突然お気持ちを変えるわけがないわ。きっとこれには、何か裏があるのよ」

「本当ね。ここは四龍を束ねる青龍国皇帝の後宮ですもの。何か裏でもない限り、あんな質素な方が足を踏み入れられる場所じゃないのに」

「あの方と比べたら、最近清翠殿《せいすいでん》に現れると噂の幽鬼の方が、まだマシね」

彼女たちの言葉は一言一句もれなく耳に入ってきたけれど、私はそれを聞かなかったことにしてその場を通り過ぎた。

（あなたたちの仰る通りよ。陛下が私みたいな娘のところに足しげく通ってくるなんて、何か裏があるに決まってるじゃないですか！）

彼女たちから見えない場所まで来ると、私は口を尖らせた。

誰にも会わないようにわざわざ人の少ない早朝を狙って散歩に出たにもかかわらず、朝からこうして陰口大好きな妃様たちと出くわしてしまうなんて。

（早く馨佳殿に戻りたいけれど……朝餉《あさげ》には早いし、風邪気味の陛下はまだ寝ているだろうしなあ）

幽鬼の方がマシ、と言われてちょっぴり傷付いた私は、庭院の池を覗き込んで自分の顔を水面に映した。

（後宮に幽鬼が出るなんて。まさか琥珀様のことじゃないよね？）

額に刻まれた真紅の花鈿《かでん》が映り込んだ水面を爪でつんと突くと、そこから静かに水紋が広がっていく。

水紋が消え、再び池が私の顔を映し出す前に、私のおなかは空腹でぐうっと音を立てた。

◆

「それにしても、陛下の演技は素晴らしいですね！　陛下が曹妃を寵愛していらっしゃると、後宮中が誤解していますよ」

青龍殿の執務室で書物の整理をしながら、商儀は満足気な声で言った。

幼い頃から私の側で仕える羅商儀は、私の一番の理解者である。

時々こうして気安すぎるところが玉に傷だが、敵だらけの皇宮の中で心から信頼できる相手は、今のところこの商儀だけだ。

つい昨日までは味方だと思っていた者が、今日には敵に回ることもある——それが、ここ皇宮。

猜疑心を持つことなく本音を言える相手というのは、何ものにも代えがたい貴重な存在だ。

「商儀、無駄口を叩かず早く仕事をしろよ」

「いやいや。無駄口なんかじゃなく、これも立派な仕事です。曹妃が後宮で力を持てば、養父である曹侯遠殿を官職に戻す足がかりになるじゃないですか。陛下は、曹妃への寵愛をどんどん皆に見せつけてやってくださいよ！」

「……はあ」

上機嫌の商儀に呆《あき》れて手を止めた私は、傍らに積み上げてある書物の山を見上げた。

名ばかり皇帝と揶揄《やゆ》されてはいても、いつも私の周りにはこうして仕事が溢れている。

皇太后の政《まつりごと》には一度も口を出したことがないのだが、面倒なことだけはこうして都合よく押し付けられるのだ。

ただただ皇太后に上手く使われているだけの自分の立場に辟易し、私は長床几《ながづくえ》の上に顔を伏せた。

今頃明凛は、夕餉《ゆうげ》を楽しみに馨佳殿で待っているのだろうか。

楽しみにしているのはあくまで夕餉《ゆうげ》の方で、決して私の訪《おとな》いではないのが少々悔しいところだ。

（まあ、楽しみにされても困るだけだが。明凛は、曹侯遠を官職復帰させるために利用している駒にすぎないのだから――）

私は突っ伏したまま洟《はな》をすすり、もう一度顔を上げて商儀を見る。

「おい、商儀。母上の皇統除名の件はどうなっている？」

「ああ、青龍国の古参の重臣たちがなんとかくい止めていますよ。ただ、『楊淑妃は皇太后を階段から突き落としていません！』っていう、なんらかの証明を出せないと厳しいですね」

「十五年も前のことだぞ。当時その場を見たと言う妃も既に亡くなっているというのに、一体どうしろと？」

「その時のことを見たという妃嬪《ひひん》は、清翠殿の陶美人《とうびじん》ですよね。楊淑妃が皇太后を突き飛ばしたところを見たと証言した数年後に亡くなっています」

（あの一件の数年後に死んだだと……陶美人は当時、まだ若かったのでは？）

眉間に皺を寄せた私の前に、商儀が立ち上がって両手をドンと突いた。

商儀がこんな勢いで話しかけてくる時は、大概面倒な話の始まりだ。

「陛下！　陛下の成人を祝う冠礼《かんれい》の儀が終わるまでは、この国の最高権力者は皇太后です。今の陛下は皇太后の決定には逆らえません。楊淑妃の件は、早く手を打ちませんと」

「分かっている。しかし、なんらかの糸口がないことには……」

「楊淑妃の無実の証については、私も調査を続けます。それよりも、陛下がまずやらなければいけないことがありますよね？」

長床几《ながづくえ》に置いた商儀の手が、少しずつ私ににじり寄ってくる。彼のむさくるしい顔が迫ってくるのに合わせ、私は体を後ろに反らした。

「商儀、近すぎる。離れろ」

「陛下！　まだ分かりませんか？　陛下が今やるべきこと。それは、跡継ぎですよ、跡継ぎ！」

「は？　それとこれとなんの関係があるんだ？」

「初代青龍帝の血を引く正統な後継者である陛下に皇子がお生まれになれば、国を挙げての大騒ぎ。青龍国だけではなく、四龍全土が陛下に注目します！　そうなれば皇太后の影も一気に薄れますよ」

商儀はことある度に跡継ぎ跡継ぎと急かしてくるのだが、元々私は後宮にほとんど足を踏み入れたこともない。最近になって明凛の馨佳殿を訪れてはいるが、明凛に手を出せないのはそもそもこの男と曹侯遠の勝手な約束のせいである。

跡継ぎなど、土台無理な話だ。

「……陛下。もしかして侯遠殿とのお約束を律儀《りちぎ》に守ろうとしてます？」

「律儀《りちぎ》に守る以外に、何か選択肢でもあるのか？」

「逆に、曹妃を遠ざける必要なんてあります？　もし曹妃が陛下の子をご懐妊なされば、きっと侯遠殿もお喜びになります。既成事実あるのみですよ、陛下！」

「既成事実……だと？」

悪気《わるぎ》なくはしゃぐ側近を目の前にして、逆に私の心はちくちくとした痛みで締め付けられる。

商儀は知らないのであろうが、私には曹侯遠との約束を絶対に違えることができない理由があるのだ。

何も言わず黙りこくった私の様子を心配したのか、商儀は遠慮がちに私の顔を覗き込む。

「陛下、どうかなさいましたか？」

「……いや、すまない。実は、私は侯遠との約束を反故《ほご》にするわけにはいかないのだ。

明凛を本当の妃にするつもりはない」

「なぜでございましょう？　皇帝陛下のご命令であれば、侯遠殿も反対はできないと思いますよ」

「私は侯遠に負い目があるのだ」

私の低い声音に気付いた商儀は、真剣な表情で姿勢を正した。

夕餉《ゆうげ》の時刻はとっくに過ぎている。

円窓《まるまど》から見る空は漆黒に包まれ、窓に張られた玻璃《はり》が風でカタカタと鳴った。

「陛下、侯遠殿への負い目とは？」

次の言葉を待つ商儀に、私は小さく呟く。

「――曹侯遠の一人娘を、私が殺したのだ」

◇

「明凛、遅くなってすまない」

「わっ、わあっと！」

先触《さきぶ》れもなく足早に房室《へや》に入ってきた皇帝陛下を見て、私は体勢を崩して床にゴロンと転がった。

「……明凛、何をしていたのだ？」

「あ、ええっとですね。武芸の稽古を少々……」

「房室《へや》の中で逆立ちをするのが、武芸の稽古なのか？」

「はい、そうですね……」

おかしなところを見られてしまって気まずくなった私は、その場を誤魔化すように急いで陛下の前に立って礼をした。

今晩は陛下の訪《おとな》いが遅く、空腹を紛らわせるために壁で逆立ちの練習をしていたのだった。咄嗟《とっさ》に「武芸の稽古」などと取り繕ってしまったので、陛下に見つからないよう後ろ手でこっそりとめくれた裙《すそ》を整える。

「今日は色々あって遅くなった。少し酒を飲みたい気分だから持ってきたんだが、明凛の歳はいくつだ？」

「私は十八です」

「十八か……そうか。私の二つ下か」

準備した食事には目もくれず、陛下はぼそぼそと呟きながら手酌を始める。私が慌てて手を伸ばすと、陛下はその手を掴んで制止した。触れ合った手は妙に冷たくて、生気が感じられない。

何事かと驚いた私は、手を握られたまま陛下の顔を見つめる。

すると陛下の方も、私の顔をじっと見つめていた。ただならぬ雰囲気を察した侍女たちが、そそくさと房室《へや》を出ていく。

更なる沈黙の後、陛下は器に注いだ酒を一度に呷った。

「陛下、何か嫌なことでもあったのですか？　お酒を召し上がるのは珍しいですね」

私の問いには答えず、陛下はただ寂しそうに微笑んだ。

先ほど掴んだ私の手は、まだ握られたままだ。

「陛下、そのお酒は毒見が終わっていません。先に私にくださらないと」

「まだ十八なら、酒は口にしない方がいい。強い酒である上に、よく眠れるための薬も混ぜてある」

「薬⁉　陛下は、夜眠れないこともあるのですか……？　それにきちんと毒見をしないと、何者かが知らない間に毒を入れることだって考えられますよ？」

「これは私が自分で手元に持っているものだから毒など盛りようがない。安心しろ」

そんなことを言いながら、陛下はあっという間に二杯目を飲み干した。

（きっと、今日は何か辛いことがあったんだわ）

当然のことながら、玲玉記に描かれる青永翔はもう少し分かりやすかった。何に傷つき、何を欲しているのか、全て小説の文章に書かれていたからだ。

しかし実際に自分の目で見る生身の皇帝陛下は、小説の中の青永翔よりもずっと人間味に溢れていて、何を考えているのか分からない。

毎晩のように馨佳殿を訪ねてきて共寝をしているのに、曹先生との約束を忠実に守ってくれる陛下は、牀榻《しんだい》の上では私に指一本触れてこない。

かと言って、どうやら私は陛下から嫌われているわけでもなさそうだ。

寒いだの眠いだの幼子のような我儘を言って私を困らせたと思えば、ふと気付くとじっと私を黒曜の瞳で優しく見つめていたりする。

（でも、なんとなくいつもお寂しそうに見える）

何かに追われるように酒を口にする陛下を見ていると、胸が締め付けられるように苦しい。

私が身を捩《よじ》らせると、陛下はようやく握っていた手を放した。

「陛下、飲みすぎです。早くお食事をいただきましょう、実はもう待ちくたびれて、お腹《なか》が紙のように薄くなりそうです」

「それはすまなかった。これからは私を待たなくてもよい。先に食べていなさい」

早くも酔いが回ったのか、赤らんだ顔をして瞼を閉じた陛下は、炕《かん》の上で片膝を立てて寛いでいる。

私がその横にそっと座ると、陛下は重そうな瞼を開いて微笑んだ。

「……後宮では、私が其方《そなた》のことを寵愛しているという噂がかなり広まっているな」

「毎晩わざわざここまで通われた甲斐がありましたね……って、陛下。顔がどんどん赤くなっていくんですけど、大丈夫ですか？」

酒に睡眠薬を入れているとは仰っていたが、こんなに短い間に酔っ払って半分眠ってしまうとは。陛下はとんでもなくお酒に弱いらしい。

「寵愛の噂は、後宮だけでなく……重臣たちにも見せつけ……」

「はいはい、陛下。分かりました。もう横になりましょう」

「まだ話は途中だ。曹侯遠を呼び戻すのは当然だと言われるほどに、其方《そなた》を……愛する……ようにして……」

「そ、そそそうですね。まあ、それなりに。そこそこに寵愛っぽい感じにしておいていただければ」

今日の陛下は、お食事どころではなさそうだ。

酔いの回った陛下の顔は先ほどまでと違い、すっかり火照《ほて》っている。

(手巾《しゅきん》を濡らして、お顔を冷やした方がいいかしら)

立ち上がろうとした私の気配を感じたのか、陛下は先ほどまで閉じていた瞼を半分開いた。

「明凛」

陛下の右手が、私の頬に優しく触れる。

こんな風に触れられたら、本当に愛されているのではないかと誤解してしまうではないか。私は仮初《かりそめ》の妃にすぎなくて、陛下の最愛の相手、鄭玉蘭の登場を待っているだけなのに。

「……明凛、他の妃たちから……嫌がらせをされていないか？」

「少し陰口を言われる程度ですよ。毎日こんなに美味しい食事をいただけるのだから、少々の陰口くらいは我慢します……って、陛下！　寝るなら牀榻《しんだい》へ」

「……さ………酒は……すぐに……寝……」

お酒以外はほとんど口にしないまま、陛下は小卓に突っ伏して寝息を立て始めた。人を呼び、眠りこけた陛下を運んでなんとか牀榻《しんだい》に横たえる。

侍女たちが房室《へや》から出ていったのを見計らい、私は灯りを落とした。

(陛下はお酒を飲むと、すぐ寝てしまうんだ……睡眠薬も入っているって言ってたしね)

陛下のお母様である楊淑妃の皇統除名を阻もうと、陛下が日夜必死で動いていることは知っている。

日中は手持無沙汰で午睡《ひるね》を貪りまくっている私とは違い、陛下は早朝から夜半まで働き詰めなのだ。

その上、今日はお酒まで持ってきた。

お体だけでなく、心にも疲れがたまってきたのではないだろうか。

(私がお役に立てるのはお毒見をすることくらい)

寝息を立てる陛下を起こさないよう、私は小卓の上にあった酒に静かに蓋をする。

疲れを酒で癒すのは良くない。

陛下が酒瓶を持ち歩いたりしないように預かっておこう。

私は房室《へや》の隅にある木棚の上に、酒瓶をコトリと置いた。

母を亡くし、後宮で一人孤独に戦い、若くして皇帝に即位した陛下。

それだけでも、一人の若者が背負うには重すぎる荷だ。

その上、陛下は皇太后から疎まれ、挙句の果てに後宮で唯一の味方だったお母様の名誉まで奪われようとしている。

心の支えであるはずの鄭玉蘭も、一向に現れる気配がない。

(ああ、私は多分、毒だけじゃなくて陛下の心の傷も癒して差し上げたいんだわ)

額の花鈿《かでん》で毒は浄化できても、心の傷までは癒せない。

私は自分の無力さを感じながら、眠っている陛下の額に自分の花鈿《かでん》を合わせる。

「少しでも、お疲れが取れますように」

額から人肌の温かさを感じながら、私はいつの間にか陛下が横になる牀榻《しんだい》に突っ伏して眠ってしまっていた。

第三章　安寧

皇太后の祖国である玄龍国は、呪術の国だと言われている。

雨の少ないその気候から荒地不毛の地が多く、古代に雨乞いや豊作豊漁を願った呪《まじな》いの風習が興《おこ》った。

呪《まじな》いの力が強い者が権力を持ち、村々をまとめて国となり、今の玄龍国王家の血筋に繋がったと言われている。

本来、呪《まじな》いとは負の意味だけを持つものではない。祈祷や願望成就の意味を込めて良い意味で用いられることの方がむしろ主流だ。

呪《まじな》いの風習から育まれた玄龍国独自の文化は異彩ある魅力を持ち、四龍の中でも優れた芸術として受け入れられてきた。

玄龍国の古典舞踊もその中の一つだ。

黒一色の衣裳に身を包み、双輪に結った髪を真紅の髪飾りで彩り、大小様々な鼓《つづみ》の律動《りつどう》に合わせて舞台に激しく足を踏み鳴らす迫力の舞。

その玄龍国の舞踊団が皇宮に招待され、青龍殿前の広場で公演が行われることになったらしい。

「舞踊団の公演と言えば、玲玉記にもその場面《シーン》がありましたよね、琥珀様！」

『ええ、未来の皇后・鄭玉蘭が大活躍する場面《シーン》よね。そう言えば広場にはもう、野外舞台が作られてたわよ』

「玉蘭はその公演に間に合うでしょうか。一体いつ入内《じゅだい》するのかな？」

小説でも印象的だった、この玄龍舞踊団の公演の場面《シーン》。

玄龍国の演者の舞に途中から玉蘭が加わり、舞台の上で一緒に舞うことになる。それを見た皇帝陛下が、玉蘭が灯華祭で出会った娘であることに気付くのだ。

街で見初《みそ》めて忘れられなかった相手が目の前にいる。しかも自分の妃として！

後宮に一切寄りつかなかった陛下が、玉蘭に近付くきっかけとなる重要な場面《シーン》だ。

「言わば、陛下と玉蘭の再会の日になるわけですよ。これは絶対に外せません！　踊り終わった玉蘭に紫色の披帛《ひはく》を渡して、二人は赤面しながら見つめ合うんですよね！」

二人が見つめ合う姿を想像して興奮する私を見て、琥珀様は白けた顔で目を細める。

青龍国の皇帝を象徴する色は、もちろん青色だ。

そんな青龍国の皇帝が、真紅の花嫁衣裳を来て入内《じゅだい》した妃に対して紫色を贈る意味。

それは青と紅が交わって紫に染まる……つまり、「私と交わって私の色に染まってください」という、皇帝から妃に対する愛の告白なのである！

玲玉記では、舞台で踊り切った後の玉蘭の肩に、永翔が紫の披帛《ひはく》をかけて労う。皇帝から紫色を賜ることの意味を知らない玉蘭がきょとんとしていると、皇帝陛下が玉蘭の耳元で優しく囁くのだ。

『――今夜、其方《そなた》の元に行く』と。

「きゃああっ！　私も言われたい！　耳元で陛下の息遣いを感じながら囁かれたい！」

『ちょっと……そういうのって、他人がいちゃついてるのを端から見るから素敵なのよ。自分がそんな甘ったるい台詞を言われたら、正直言って鳥肌ものよ』

「何を言ってるんですか、琥珀様！　私はむしろ、鳥肌が立つほどドキドキしたいんですよ！」

紫の披帛《ひはく》を受け取り、陛下の囁きを聞いて玉蘭はようやく意味を理解した。そしてその晩自分に起きる一大事に想いを馳せて、これでもかというほどに顔を赤くするのだ。

二人の心中を想像するだけで、私の鼻息は荒くなる。

『でもねぇ。それ以前に、そもそも灯華祭の日にあの二人は本当に出会えたのかしら？　あなたが皇帝を川に落としたから、結局会えなかったんじゃなかったっけ？』

「それはそうかも……。琥珀様は玲玉記の語り手《ナレーター》ですよね。先の展開が分かったりしないんですか？」

『だってこの世界、私の知っている展開から少し変わってしまっているんだもの。先は読めないわ。今は、その時その時で空から私の頭の中に新しいナレーションの台本が降ってくる……っていう感じかしら？』

「ふうん、それは残念。でもほら、陛下が川に落ちたところを橋の袂《たもと》にいた玉蘭が見つけて助けてくれたかもしれないし」

『陛下に直接聞けば？　あの日、玉蘭に会えたのかどうか』

琥珀様にあっさりと言われ、私は口元を歪める。

陛下に直接確認すればいいのは分かっている。でも、もし陛下があの日に玉蘭と会えていなかったとしたら、多分それは私のせいだ。

だから、なんとなく怖くて聞けていない。

夕餉《ゆうげ》の支度をしながら陛下を待っている間も、私の心はどことなくそわそわしていた。

卓子《つくえ》の上に並ぶ皿を見ても黙っている私を見て、子琴が心配そうに尋ねる。

「明凛様。どうされましたか？　今夜は元気がないですね」

「そんなことないわよ。ごめんね、何か用だった？」

「今度の玄龍舞踊団の公演は、皇太后陛下や官吏の皆様も勢揃いするらしいですよ。皆が明凛様に注目しています」

「なぜ皆が私に注目するの？」

「そりゃあ、あの後宮嫌いの皇帝陛下が、明凜様のところにだけ足しげく通われているのですから。一体どんな器量の持ち主なのかと、皆が興味津々らしいです」

「……皆様の期待を裏切る予感しかしないんだけど」

私の顔で何よりも目を引くのは、真紅の花鈿《かでん》。

それ以外は特筆することもないし、特別器量良しだとは言えない。

一方、玲玉記の鄭玉蘭は絶世の美女という設定だった。なんと言っても、夜に橋の袂《たもと》で彼女を見かけた陛下が一瞬に恋に落ちるほどの相手なのだ。

私のような平凡な娘が玉蘭に敵うはずもない。

（玉蘭の入内《じゅだい》が、玄龍舞踊団の公演に間に合いますように）

玉蘭と結ばれるはずの皇帝陛下は今、毎日のようにモブ後宮妃である私の元に通い、食事をし、朝まで過ごして帰っていく。

曹侯遠先生の官職復帰や陛下のお毒見のためという大義名分はあれど、心のどこかで玉蘭を裏切っているような罪悪感が消えてくれない。

「明凜様、皇帝陛下がいらっしゃいました」

「……ありがとう、今行きます」

罪悪感を身に纏ったまま、私は今日も陛下を馨佳殿に迎えるのだった。

◇

「陛下……本当に大丈夫ですか？　後宮を抜け出すなんて」

いつもより随分と早く馨佳殿を訪れたと思ったら、夕餉《ゆうげ》を済ませてすぐに陛下が「後宮を抜け出して夜の散歩に行こう」などと言い始めた。

私たちが初めて出会ったのも皇都の青龍川のほとりだったことを考えれば、陛下がこうしてお忍びで後宮を抜け出すのは日常茶飯事なのだろう。

どこから見ても高価な袍《ほう》を身に纏い、凛々しさと力強さを醸し出す陛下は、高貴な身分であることを全く隠せていない。

まあそれでも、まさか皇都のど真ん中を皇帝陛下が普通に闊歩しているなんて誰も思うまい。

道の両側に並ぶ露店を楽しそうに眺めている陛下を見ていると、私の方が心配しすぎているように思えてくる。

（気付かれないものなんだなあ。命を狙われても不思議じゃないほど無防備だけど）

「待ってください！　へい……か……なんて呼んだら駄目ですよね」

「明凛。確かにそう呼ばれるのは困るな」

「あっ……そうですよね。では、翔永様とお呼びしますか？」

「ああ、それがいい」

以前のように私が『翔永様』と呼ぶと、陛下は嬉しそうに私の手を取って歩き始める。

「あの灯華祭の日、明凛は天燈《ランタン》が空に飛ぶのを見られなかったんじゃないか？」

「え？　ああ……そうですね。あの時は翔永様から逃げることしか考えていませんでしたから」

「私を川に突き落として、一目散に走って逃げるものだから驚いたよ」

皇帝陛下を川に突き落としたという、私の人生最大の失態。

思い出して青ざめる私を見て、陛下は笑いを堪えている。

あの時もう少しだけ翔永様に会うのが遅ければ、私は夜空にいっぱいに美しい天燈《ランタン》が舞う光景を見られただろう。

ついでに、陛下と玉蘭の出会いの場面《シーン》も。

「今日はあの時の埋め合わせで、明凛に天燈《ランタン》を贈るよ。少し季節外れだが……ほら、これなんかどうだ。美しい柄だろう」

露店の前に並べられた天燈《ランタン》の中から、陛下が一つ手に取って私に見せる。白色の紙でできた天燈《ランタン》には、青龍の絵が描かれていた。

「美しい青龍だわ……空に飛ばしてしまうのが勿体ないですね」

「それでは、これは後宮に持って帰るか？」

「翔永様！　こんなものを持って帰ったら、お忍びで皇都に遊びに来たことが知られてしまいます！　商儀様に見つかれば絶対に叱られます」

「そうか。それではやはり、この天燈《ランタン》は空に飛ばそう」

「そうしてください。それに、陛下が私に贈り物をするなんて恐れ多いです……」

遠慮する私に向かって、陛下は拗ねたような顔で言う。

「せっかく夫婦二人だけの時間なのに、其方《そなた》はなぜ私に遠慮をするのだ？」

「ちょっ……！　夫婦ってなんですか！　私たちは、主人と雇われお毒見役という関係です！」

「明凛は冷たいな。ちなみに商儀も私たちについてきている。少し離れたところで護衛をしてくれているよ」

陛下の目線の先を見ると、遠くで商儀様らしき人が木の陰にすっと隠れるのが見えた。

（そりゃ、皇帝を一人で外に出すわけないよね。護衛がいるなら安心だわ）

納得して陛下の顔を見上げると、陛下は私に向かって頷いた。そして、先ほどの青龍の天燈《ランタン》の他にもう一つ、別の天燈《ランタン》を手に取った。

店主に何やら話しかけて銀子を渡すと、陛下はまた私の手を取って歩き始める。向かったのは露店の裏、青龍川の川堤《かわづつみ》。そこには木でできた小さな卓子《つくえ》が置いてあり、その上に墨と筆が用意されている。

「灯華祭の季節じゃないのに、随分と用意の良いお店ですね」

青龍国の灯華祭では、天燈《ランタン》に故人の名前を書いて飛ばす習わしがある。亡くなった家族や恋人などの大切な人が、来世で幸せになれるように願いを込めるのだ。

先ほどの店の店主が、そのための墨と筆を予め準備しているのだろう。

卓子《つくえ》の上に天燈《ランタン》をのせると、陛下はその上にさらさらと筆を走らせる。

陛下のお母様である楊淑妃のお名前だろうか、天燈《ランタン》の青龍の横には『楊翠珠《すいじゅ》』という名が見えた。

(私もお母様のお名前を書きたいけど、お母様の名前も顔も覚えていないのよね)

お父様はお嫡母《かあ》様に遠慮していたのか、それとも私に母のことを伝えたらかえって辛い思いをさせると思ったのか、母に関することはほとんど教えてくれなかった。

ただ、母は私が幼い頃に亡くなった、とだけ。

元々私は母と二人で別の場所で暮らしていて、お父様は母の死をきっかけに私を黄家に引き取ったそうだ。

天燈《ランタン》に何を書こうかと少し迷った結果、私は『母』とだけ書いた。

ちらと陛下の方に目をやると、楊淑妃のお名前の横にもう一人別の人の名前を書いている。

少し首を伸ばして覗いてみると、そこには思いもかけぬ名前が書いてあった。

（曹琥珀……。琥珀ってまさか、あの琥珀様じゃないわよね？）

「……明凛？」

「え？　あっ、はい！」

「上の空だな。どうした？　天燈《ランタン》を飛ばしに行こう」

「そうですね、そうしましょう」

陛下に続き、私も自分の天燈《ランタン》を持って立ち上がる。

先に河原まで下りた陛下の元に行こうとするが、河原にはごつごつした石が転がっていて歩きづらい。石に躓かないよう、裙《すそ》を少し持ち上げて慎重に進んだ。

「ほら、気を付けて」

「……はい」

私に向かって差し出された手に、なぜだか心臓が高鳴る。こんな風に陛下と共に時を過ごしていいのは鄭玉蘭だけだと、頭では分かっているというのに。

河原まで下りると、陛下は私の天燈《ランタン》にも火を点けた。すると天燈《ランタン》の表面に、美しい芍薬の花の模様が浮き上がった。

「綺麗……」

「……」

灯りを手に持ったまま、私は橙色に光る芍薬の花に見惚れてほうっと息を吐いた。

ふと隣に顔を向けると、陛下は天燈《ランタン》ではなく私の顔をじっと見つめている。

（陛下……？）

天燈《ランタン》が陛下の顔を照らし、頬を橙色に染めている。揺れる灯りの動きに合わせて、陛下の瞳も潤んで揺れているように見えた。

きっと今、私の瞳も同じように揺れているのだろう。

（『玲玉記』で永翔と玉蘭が出会った瞬間も、こんな感じだったのかもしれない）

私たちはしばらく視線を合わせ、お互いの瞳に映り込む灯りに見入っていた。が、途中でハッと我に返った私は、急に恥ずかしくなって目を逸らす。

（普段から推しの皇帝陛下と一緒にいるだけで息苦しくて大変なのに、陛下と玉蘭が恋に落ちた時と同じような設定で見つめ合うことになるなんて。無理無理、心臓が止まりそう）

胸に手を当てて心臓の鼓動を抑えたいのに、あいにく私の手は芍薬の天燈《ランタン》でふさがっている。

早く天燈《ランタン》を空に飛ばしてしまいたい。

陛下の側から離れたい。

「翔永様！　早く飛ばしましょう！」

「あっ、ああ……そうだな」

私と同じようにぼうっとしていた陛下も、我に返った様子で夜空を見上げる。

二人でそれぞれの天燈《ランタン》を頭の上まで持ち上げると、柔らかい風に乗って青龍と芍薬の天燈《ランタン》がふんわりと浮かんだ。

「やった！　飛びましたね。綺麗だわ！」

「灯華祭の夜は、こんな天燈《ランタン》が空いっぱいに広がるんだろうな。次の灯華祭もこうして忍んで皇都に降りてこよう」

「……翔永様は、この前の灯華祭は御覧にならなかったのですか？」

陛下を川に突き落とした張本人の私が聞くのは失礼だが、聞くなら今しかないと思った。あの日、陛下は玉蘭に会えたのかどうかを確かめたい。

陛下は夜空の天燈《ランタン》を見上げたまま答える。

「ずぶ濡れのまま灯華祭を見物するわけにもいかないだろう。あの後はすぐに宿に戻って休んだ。おかげさまで、しっかり風邪を引いたしな」

「すぐに、宿に戻ったんですか？　私以外の誰かに出会ったとか、誰かと一緒に天燈《ランタン》を飛ばしたとか、そういうこともなく？」

「なんだ、我が妃は意外と嫉妬深いのか？　あの日は明凜以外に会話をしたのは商儀だけだったはずだが」

やはり、陛下は玉蘭とは出会えていなかった。

陛下の心の支えとなる鄭玉蘭との出会いを、私が潰してしまったのだ。

あの夜、空いっぱいに浮かぶ天燈《ランタン》の灯りの下で永翔は玉蘭に出会い、二人は恋に落ちるはずだったのに。

（やってしまった……）

今もまだおさまらない鼓動を隠すように、私は肩にかけていた披帛《ひはく》を胸の辺りでぎゅっと握る。

ここが『玲玉記』の世界なら、いずれきっと鄭玉蘭は入内《じゅだい》してくるはずだ。あの日陛下と玉蘭が出会えなかったのだとしても、きっとそのうち二人は惹かれ合う。

根拠は一つもないが、自分を慰めるために何度も言い聞かせた。

（とりあえず、玄龍舞踊団の公演までにはなんとか玉蘭が入内《じゅだい》することを願おう。ただ、そうなるとその場が二人の初対面になってしまうわけだから、私はなんとか玉蘭を陛下に上手く引き合わせて……）

「明凜？」

「うわっ、はい‼」

ぶつぶつとこれからの計画を呟く私に、陛下は不思議そうに首を傾げている。

「どうした、明凛。調子でも悪くなったか？　そろそろ後宮に戻ろうか」

「調子が悪いわけではなくて……でも、さすがにそろそろ戻った方が良さそうですね。商儀様も待ちくたびれているかも」

「そうだな」

陛下は私の腰に手を回し、私を支えるようにして土手を上り始める。私は陛下の顔を直視することができず、顔を伏せたまま歩いた。

「商儀さまーっ！」

河原から戻って少し歩くと、通りの向かい側に商儀様の姿を見つけた。

もうすっかり日も落ちたと言うのに、皇都の通りはとても賑やかだ。道の両端には食事をするための卓や椅子が並び、たくさんの人たちが楽しそうに語らっている。

私は人混みの間をすり抜けて、大通りを渡ろうと左右を見渡した。

その時、貴族のものだと思われる豪華な装飾が施された馬車が、勢いよく私の前を通り過ぎた。

「明凛！　危ない！」

馬車にぶつからぬよう、陛下が私の腕を引いた。陛下の声が馬車の御者に聞こえたのか、馬車は徐々に速度を緩め、少し離れたところで停まった。

「まずいな」

「翔永様、申し訳ありません。私の不注意で」

「いや、違う。そういう意味ではない。あの馬車は蔡家のものだ。後宮を抜け出したことを気付かれてしまうな……」

「蔡家？　もしかして、蔡妃のご実家の？」

私たちが話しているうちに馬車の扉が開き、中から一人の男性が降りてきた。

恰幅が良く背も高くて、濃い顔立ちがパッと目を引く大男だ。

（ちょっと……あれが蔡妃の父親？　蔡妃とは全く似てないわね）

切れ長の目にほっそりとした顔立ちの蔡妃は、きっとお母様似なのだろう。

ドスドスと地面を鳴らしながら大股で近付いてくる蔡妃の父親のあまりの迫力に恐れをなした私は、陛下の後ろにさっと隠れた。

「……私の見間違いですかな」

顔の濃さにぴったりの野太い声が地を這う。

「いや、見間違いではない。私だ、蔡雨月《うげつ》」

「そうですか。では、陛下の後ろにいらっしゃる方はどなたでしょう。場合によっては、私の今後の動き方も変わると思っていただきたい」

（こわっ！　前世の歴史の教科書で見た、金剛力士像みたい……）

蔡雨月の視線が私に移ったのを感じ、私は観念して陛下の背中から顔を出した。

「申し遅れました。私は……」

「その額の花鈿《かでん》は、噂の曹妃ですな」

「あ、ご存知でしたか……私は、曹明凛と申します」

胸の前で両手を組んで、私は蔡雨月に向かって小さく礼をする。

陛下はもう一度私を庇《かば》うように立つと、蔡雨月の耳元で何かを話し始めた。

大通りにいる人々の声がうるさくて、二人の会話は聞こえない。しかし、しばらくして二人の間で話が付いたようだ。蔡雨月は陛下に礼をとって頭を下げると、厳しい顔のまま馬車に戻っていく。

「陛下、大丈夫でしたか？」

「大丈夫だ。さあ、今のうちに商儀のところに行こう」

「叱られたりしていないですか？　ものすごく怖い顔の方でしたけれど」

私の手を引いて通りを渡る陛下の口から、苦笑がもれた。

「蔡雨月は青龍国の重鎮で、権力も財も持っている。しかも決して皇太后側には付かないから、敵ではないよ。まあ、味方でもないのだが」

「皇太后陛下が玄龍出身者を登用して固めている中で、青龍国の重鎮がいらっしゃるとは心強いですね！　でも、それなら陛下の味方をしてくださったらいいのに。何もあんな怖い顔しなくたって」

「私が蔡妃を軽んじていることを不満に思っているのだろう。彼の発言力は強いが、私が蔡妃を寵愛しない限りは、完全に味方になってくれることはないだろうな。今日は明凛と一緒にいるところを見られてしまったから、尚更だ」

「それは……」

そうだった。陛下は後宮には寄り付かない女嫌いで有名だった。

大切な娘を後宮に入れたにもかかわらずぞんざいに扱われては、父親として腹が立つのは当然だろう。

だからと言って、陛下に蔡妃を寵愛していただくわけにはいかない。

「陛下に寵愛してほしい方は、別にいますから……」

私がぼそっと呟いた言葉を聞いて、陛下はなぜだか顔を赤らめて口元を緩めた。

◇

玄龍舞踊団の公演の日がやってきた。

皇宮内の広場には、この公演のために野外舞台が設けられた。最前列に用意された席には皇帝陛下と皇太后が、そして二人の席の後ろには三省六部《さんしょうりくぶ》の官吏たちが並ぶ。

後宮の妃嬪《ひひん》は少し離れた場所で固まって座ることになるのだが、もちろん新参者の私の席はかなり後ろの方だ。

ちゃんと舞台が見えるだろうかと前方に目をやると、振り返ってこちらを見ていた陛下と目が合った。他の妃嬪《ひひん》の目が気になって、私はそれとなく陛下から視線を逸らす。

(結局、鄭玉蘭は現れなかったのね)

灯華祭の日に出会い損ねた恋人同士が今日こそは初対面を果たせるのではと、この日を指折り数えて待ち望んでいたというのに。

日が落ちて、舞台の両端に松明《たいまつ》が灯された。

舞台を取り巻くように鼓《つづみ》がずらっと並べられ、舞台袖の垂れ幕の裏からはさわさわと衣裳擦れの音が漏れ聴こえ始める。

——ダン、ダンダン。

迫力のある鼓《つづみ》の音が、腹の底に響いた。

いよいよ開演だ。

舞台の両袖から、黒衣の踊り子たちが鼓《つづみ》の音に合わせて現れる。官吏も妃嬪《ひひん》も、その迫力に思わず大きな拍手を送った。

鼓《つづみ》の音と異国の楽器の音色にのせて、踊り子たちが夜空に向かって被帛をひらひらとひるがえす。その姿はとても美しく、観客を圧倒した。

美しさの反面、松明《たいまつ》の灯りによって作り出される黒い影はどこか不気味だ。舞台に夢中になる観客たちを横目に、私の心はざわざわと騒ぐ。

(とても綺麗ではあるんだけど……なんだろう、この違和感)

『なんだか不吉な感じのする舞よね』

突然聴こえた声に驚いて頭上を見ると、琥珀様が宙を漂っている。

皆が舞台に釘付けになっている間に、私は小声で琥珀様に尋ねた。

「琥珀様もそう思いますか？　玄龍国を象徴する黒を基調とした衣装だから、不気味に感じてしまうのでしょうか」

『玲玉記では、ここで鄭玉蘭が舞台に上がって一緒に踊る場面《シーン》よね。でも今、彼女はここにはいない。玲玉記とは違って、この後大変なことが起こりそうよ』

「え？　大変なことって……？　だから嫌な予感がするの？　琥珀様、教えてください！」

私が琥珀様を問いただす前に、鼓《つづみ》の舞は終局を迎える。

踊り子たちが袖にはけていくのに合わせてもう一度鼓《つづみ》が派手派手しく鳴り響き、反対側の舞台袖から、何かの塊のようなものが現れた。

出てきたのは黒い紙や布で作られた、巨大な『龍』。四、五名の踊り子たちが龍の腹の辺りから出ている棒を持って支え、まるで空を飛ぶ龍のようにくねくねと動かしている。黒龍に続いてその後ろからは、青龍も登場した。

すると、その青龍に気付いた観客たちから大きな拍手や歓声が上がる。

「青龍と玄龍ですな！」

「素晴らしい！　二国の友好の証に、双方の国を象徴する龍を登場させるとは」

官吏たちも席から立ち上がって、前のめりで舞台を観ている。

『嫌な演出よね。この国で青龍出身者と玄龍出身者が対立していることは、周知の事実なのに』

琥珀様は腕を組み、眉をひくつかせながら舞台を眺める。

「琥珀様、これがさっき言っていた大変なことですか？」

『さて、この事態に曹妃はどう対応するのでしょうか～』

「……もう！　琥珀様！」

青龍と玄龍は舞台を縦横無尽《じゅうおうむじん》に駆け回り、その周りで踊り子たちの群舞《ぐんぶ》が披露される。そして、より一層鼓《つづみ》の音が大きくなったかと思うと、最後は二匹の龍が舞台の中央で大きく型を決めて終幕となった。

本来は、ここで大拍手が起こるはずだ。もしも玉蘭がこの場にいれば、踊り切った彼女を皆が拍手で褒めたたえるはずの場面《シーン》である。

しかし、拍手をしようと立ち上がった妃嬪《ひひん》たちの側で、官吏たちが険しい顔でざわざわと騒ぎ始めた。

拍手も歓声も起こらないままに、踊り子たちと二匹の龍は舞台を降りる。

「……えっ、どうしたのかしら」

「拍手しないの？」

舞台の端の方にある席で、妃嬪《ひひん》たちは状況が分からず動揺している。しばらくすると、騒いでいた官吏の中の一人が怒声を上げた。

「玄龍国は、四龍を統《す》べる青龍国を馬鹿にしておるのか！」

するとその声に同調するように、次々と官吏たちの怒号が飛び交い始める。

「玄龍は青龍に対して礼を尽くすべきだろう！　なぜ玄龍の方が上になるのだ！」

「我が国の皇太后陛下は玄龍国ご出身！　二国は対等に扱うべきであろう！」

「その通り！　皇太后陛下への敬意を示しただけではないか、何が悪い！」

妃嬪《ひひん》席からは見えづらかったのだが、終幕の場面《シーン》で青龍の頭よりも玄龍の頭の方が上になった体勢で型を決めたことが問題だったようだ。

古参の青龍国出身者と、皇太后が登用した玄龍国出身者たちが、激しく言い争いを始めてしまった。

「……これだから、玄龍国の者を青龍国の政《まつりごと》に参加させるのは反対だったのだ」

怒声を遮るように大声を出したのは、先日皇都でばったり会った蔡妃の父、蔡雨月だ。

この場には、皇太后に重用された玄龍国出身の官吏も多い。下手に玄龍国の悪口を言えば、収拾がつかなくなる可能性もある。

心配になった私は、官吏たちの会話に耳をそばだてた。

「蔡殿。聞き捨てなりませんな。青龍国では皇帝陛下のお子を懐妊した妃を階段から突き落とす趣味がおありのようですから、良識がないのでしょう」

嫌味たらしく吐き捨てた玄龍国の官吏の言葉に、私はハッとして最前列を見る。

皇太后は両国が揉める様子を、笑みを浮かべながら傍観している。

その隣で皇帝陛下は明らかに怒った様子で、眉を上げて唇を噛んでいた。

(陛下！　怒っては駄目ですよ！)

私は必死で陛下に視線を送る。

懐妊した妃を階段から突き落とした——という玄龍国の官吏の言葉は、陛下のお母様である楊淑妃の十五年前の行為のことを暗に指してのものだ。

陛下にとってみれば、大切なお母様の名誉を公衆の面前で汚されたのと同じこと。

しかし、この屈辱的な言葉に煽られて感情を見せては逆効果となってしまう。腹立たしい気持ちは抑え、冷静に対応しなければいけない。

玄龍国に青龍国側を責める口実を与えてしまうのは、完全なる悪手だ。

心配する私の目線の先で、それまで静観していた皇太后がおもむろに立ち上がる。

「前《さき》の皇帝陛下の妃、楊翠珠の皇統除名については、朝議の場で話を進めているところですよ。今この場で話題に出すのはおやめ」

「皇太后陛下、大変失礼いたしました。そうですな、罪を犯した者をこのような華々しい場で裁くべきではありません」

玄龍国派の官吏は、皇太后にへこへこと礼をしながら自席に下がる。

（罪を犯しただなんて、酷い……！　楊淑妃が皇太后を階段から突き落としたと、まだ決まったわけでもないのに）

それにしてもこの状況、私が読んだ玲玉記とは全く異なる展開になってしまっている。どう対処するのが正解なのか、玲玉記を愛読していた私にも分からなくなってきた。

本来今日の玄龍舞踊団の公演は、玄龍の舞を見て感動した鄭玉蘭が舞台に上がってしまう、という場面《シーン》のはずだった。

入内《じゅだい》したばかりの妃が許しも得ずに舞台に上がったことで、青龍国の官吏たちは動揺し、玉蘭を舞台から降ろそうとする。

それを制止し、玉蘭が最後まで踊り切れるようにしたのが、青永翔だ。

玉蘭の舞はこの世のものとは思えないほど美しく、両国の観客を魅了した。結果的に両国の親交は深まり、それを良く思わない皇太后が鄭玉蘭を目の敵にする……そんな展開だったはずだ。

それが今では、全く逆の流れになってきている。

ここで両国の諍いに陛下まで加わってしまえば、玄龍国側の青龍国に対する反感はますます高まってしまうだろう。

曹先生の復職のためにも、そして何より陛下のお母様である楊淑妃の皇統除名を阻止するためにも、陛下は玄龍国側の者たちを敵に回すような行動は避けなくてはならないのだ。

（陛下は？　大丈夫かしら）

皇太后の横に座っている陛下に目をやると、今にも官吏に掴みかかるのではないかというほどに、その顔には怒りが滲《にじ》んでいた。先ほどの玄龍国出身の官吏が自席に下がるのを見て、陛下は椅子の肘置きに手をかけて立ち上がる。

「――皇帝陛下！」

陛下の様子に気付いた蔡雨月が声をかけて止めるが、陛下の耳には入らない。伸ばされた雨月の手を振りほどいて、先ほどの官吏の方に向かっていく。

(どうしよう、陛下を止めなきゃ！)

しかし、私のいる妃嬪《ひひん》席からでは、陛下を止めに行こうとしても間に合わない。何か他の策はないかと、私は急いで辺りを見回した。

『明凛！　これはどう？』

ニマリと笑った琥珀様が、何かを指差している。見ると、そこには琵琶《びわ》が一面、立てかけてあった。私はすぐにその琵琶《びわ》に駆け寄って胸に抱く。

『思い切りいっちゃえば？』

「琥珀様、ありがとう！」

私は琵琶《びわ》の弦に自分の爪を引っ掻けて、広場中に響きわたる大きな音で、何度も琵琶《びわ》の弦をかき鳴らした。

(────！)

言い争いをしていた官吏たちも、怒りに満ちて思わず立ち上がった陛下も、そして素知らぬ顔で傍観していた皇太后も皆、私の滅茶苦茶な琵琶《びわ》の音に一瞬動きを止める。

(良かった！　みんな我に返ってくれたかしら)

観客席にいた人々からの視線を一斉に浴び、私はごくりと息を呑んだ。

青龍国と玄龍国の言い争いのきっかけになったのは、玄龍舞踊団の舞台での演出が原因だ。この場をおさめるにはどうしたら――

冷や汗が止まらない。

こんな時、玉蘭だったらこの場を上手くおさめただろうか。

いや、私は私だ。玉蘭ではない。自分に今、できることをやるしかない。

私は近くにいた子琴に琵琶《びわ》を手渡すと、彼女の耳元でこの後の指示をする。

そして、こちらに注目している人たちの前で胸を張り、少し顎を上げて堂々と立った。

青龍国の皇帝陛下・青永翔の寵妃《ちょうき》は私であると見せつけるように、精一杯の上品な笑顔を振りまく。

「玄龍舞踊団の公演、とても素晴らしかったです。玄龍国の客人の祖国を思う気持ちがよく伝わってきました。青龍国も負けていられません。御礼の気持ちを込めて、私も青龍国の伝統舞踊を披露したいと思いますがいかがですか？」

――しばし、沈黙が流れる。

今までにない大きな声を張り上げて、私の心臓は今にも破裂するのではないかと思うほどに緊張していた。

（駄目かな？　空気読めない発言しちゃったけど、これでなんとか誤魔化せない？）

私は笑顔を作ったまま、視線だけをゆっくりと陛下に向ける。

陛下は私の意図を汲んでくれたようだ。一度大きく息を吐き、もう一度私に顔を向けた時にはもう、その表情から怒りは消えていた。

「曹妃が、青龍国の舞を披露してくれるようだ。今宵の素晴らしい公演への返礼として、我が妃の舞を玄龍舞踊団に捧げよう」

皇帝陛下の言葉に、観客たちからはまばらに拍手が起こる。

陛下は私のいる場所まで近付いてくると、私に向かって手を伸ばす。

私も陛下の手の上にそっと右手をのせ、二人並んで舞台の方に向かった。

「ありがとう、明凛。助かった。其方《そなた》がいなければ私は……」

「陛下。まだ終わっていませんよ。勝負はこれからです」

私は陛下の手を放し、舞台へ上がる。

妃嬪《ひひん》たちの嫉妬にまみれた視線を浴びながら舞台の中央に進むと、それを待っていたように侍女の子琴が琵琶《びわ》をかき鳴らした。

(大丈夫。曹先生に、青龍国の伝統舞踊はみっちりと教えていただいたんだもの。誰にも恥ずかしくない舞を見せるわよ――！)

私は子琴の弾く琵琶《びわ》の音に合わせ、両手を大きく天に伸ばした。

◆

「陛下。今日は曹妃に救われましたね」

舞踊団の公演が終わり、残った仕事を片付けようと青龍殿の執務室に寄った私に、商儀が意地悪そうな笑みを向ける。

「そうだな。あの時明凛が琵琶《びわ》を鳴らさなかったら、私は我を忘れてあの玄龍国出身の官吏を突き飛ばしていただろう」

「権力にも後宮にもぜーんぜん興味のなかった陛下が、まさかあんなに怒りを露わにされるとは。曹妃が止めなかったら、楊淑妃の除名を後押しする奴らにとって、かっこうの餌食になるところでしたよ」

「公《おおやけ》の場で皇帝が暴れるなんて前代未聞だからな。しかし、母上のことを蔑《ないがし》ろにされたことに、どうしても怒りがおさまらなかったのだ」

以前の自分ならどうしていただろうか。

青龍国が蔑《ないがし》ろにされようと、周りで官吏たちが言い争っていようと、皇太后に任せてぼんやりと待つだけだったようにも思う。

いや、そもそもこのような公演の場に姿を見せることすら億劫《おっくう》で、欠席して引きこもっていたかもしれない。

そんな私を変えたのは、この後宮で唯一愛情を注いでくれた母への思慕《しぼ》の気持ちだ。十五年も前の冤罪を皇太后に蒸し返されたからには、私が母の名誉を守らなくてどうする。

だから私はもう一度、皇太后と真正面から対峙することにしたのだ。

「それだけですか？」

商儀は執務室の扉を閉めながら私に問う。

「陛下は変わられましたよ。楊淑妃の除名を阻もうという気持ちだけでは説明がつかないほどに」

「どこが変わったというのだ？」

「頑《かたく》なに拒んでいた毒見も、曹妃が現れてからは素直に受け入れてくださいます。ほとんど召し上がらなかったお食事の量も最近は増えましたし、風邪を召されることも減りましたよね。ご自分のことを、少しは大切に顧《かえり》みるようになられたのかと」

「自分を顧《かえり》みる、だと？」

私は商儀に聞き返す。

もしも商儀が言うように私が自分を顧《かえり》みるようになったのだとすれば、それは明凛のおかげだ。明凛が私の毒見をする姿を見ていると、私を気にかけてくれる人がこの世にまだいたのだと実感させられる。

風邪をひいたと甘えれば、額の花鈿《かでん》で癒してくれる。

嫌な出来事があった日には、私が言わなくても気持ちを察して明るく接してくれる。

私たちの関係はお互いの利害関係の上に成り立つ危ういものなのに、まるで私を唯一愛してくれた母と同じように、明凛から無条件の愛を与えてもらっているような錯覚に陥るのだ。

「幼い頃から永翔様に仕えている私としては、楊淑妃の除名の件が解決した後も、曹妃にはずっと後宮にいていただきたいと思っています。永翔様もあの方に惹かれているのではないですか？」

商儀があえて『永翔様』と名前を呼ぶ時は、側近としてではなく幼馴染としての助言のつもりらしい。商儀とは幼い頃からの長い付き合いで、私本人よりもむしろ私のことをよく分かっている。

「商儀がそう言うのなら、そうかもしれんな……」

「認めましたね？　今夜のことで、青龍国の重臣たちは曹妃のことをえらく褒めていらっしゃいましたよ。これまで永翔様が自暴自棄になって引きこもっていたことで彼らも絶望していましたが、曹妃のおかげで彼らにも希望を与えられたはずです。侯遠殿をお迎えするのも、そう遠くないうちに実現しそうですね！」

元から細い目を更に細くしてにんまりと笑った商儀は、足取り軽く執務室を後にした。

（あいつ、さらっと仕事から逃げたな……）

残された仕事の山に目をやると、私の口からは思わず大きなため息が漏れる。

今夜の公演には、皇宮の官吏や妃嬪《ひひん》たちが一堂に会していた。

他の妃嬪《ひひん》の目の前で私と深く関わると、彼女たちからの嫉妬による嫌がらせがますます酷くなるのではと、明凛はずっと心配をしていた。

しかし、青龍と玄龍が諍いを起こしそうだと見るやいなや、そんな自分のことは二の次で、私や国を守るために自ら進み出てその場をおさめた。

青龍国の官吏たちも明凛の舞を見て、玄龍国の無礼に対する怒りの気持ちが自然とおさまったようだ。あの場で両国の直接的な諍いに発展しなかったのは、全て明凛の機転のおかげだと思っている。

（彼女の献身はありがたかった。そして、それだけではなく私は……）

明凛の舞は、声を失うほど美しかった。彼女の舞う姿を思い返すと、それだけで心がむず痒い。

そんな気持ちを誤魔化すために、私は目を閉じて大きく息を吐く。

思い返せば、数え切れないほど多くの妃を後宮に抱えていた前《さき》の皇帝陛下には、父親として特別な愛情を与えてもらった記憶もない。ここ後宮で私のことを唯一愛してくれた母とは無残に引き離され、死に目にも会うことができなかった。

その上後宮から連れ出して私を救ってくれた曹侯遠に対しても、大切な一人娘の命を奪うという、恩を仇《あだ》で返すようなことをした。

(私があの娘の命を奪った罪は、決して許されることはない)

皇太后の謀略《ぼうりゃく》に気が付きながら毒見を拒んだことも、後宮に足を踏み入れず誰とも関わろうとしなかったことも、全ては曹侯遠の娘の死に対する私の贖罪《しょくざい》だった。

私には、この世に生きる価値がないと思っていた。

(――そんな私が、明凛を求めても許されるのだろうか?)

私の額には、いつの間にか冷や汗が浮かんでいる。

同時に、背中から腕にかけてビリビリと痺《しび》れるような感覚が私を襲った。

痺《しび》れは左腕を通って指先まで伝わり、血管が熱で溶けるのではないかと思うほどに急激に左半身が熱くなっていく。

支配できない熱と苛立ちを発散させるように、私は痺《しび》れた左手の拳で思い切り長《なが》床几《づくえ》を殴りつけた。

第四章　幽鬼

——清翠殿に幽鬼が出る。

侍女の子琴が持ち帰った幽鬼の噂話は、先日私が散歩中に妃嬪《ひひん》たちから耳にした、あの件だ。

毒殺された妃が誰かを恨んで出ているのだとか、皇帝の寵愛を得られず後宮に未練を残した妃の姿なのだとか。

皆は好き勝手に噂をしているけれど、実際に幽鬼を見た者はほとんどいない。

子琴が言うには、噂の元は数か月前のこと。

一人の宮女《きゅうじょ》が清翠殿の近くを通りかかった際、殿舎の入口近くの木の下にぼうっと佇む幽鬼を見たのだそうだ。幽鬼はその宮女《きゅうじょ》の方を振り返って、そして何かを呟いて消えた。

腰を抜かした宮女《きゅうじょ》はなんとか這って戻ったものの、その数日後に亡くなったのだという。

子琴はきゃあきゃあと大げさに騒ぎ立てながら怖がっているが、話を聞かされる私の方は内心気が気でない。

清翠殿に出るという幽鬼の正体が、もしも琥珀様だったら？

そんな不安が拭えずにいるのだ。

琥珀様は私と一緒に後宮に来た時に、「ここに来たことがある気がする」と言っていた。

幽鬼は生前の記憶を持たない。

失くした記憶を追い求めるがあまりに、人の記憶を食べることもあるという。

琥珀様も時折記憶が曖昧になったり、辻褄が合っていないことがあったりするから、その言い伝えはあながち嘘ではない気がしている。

自分が生前この後宮で暮らしていた妃嬪《ひひん》だったのではないかと考えた琥珀様が、記憶を取り戻したいあまりに人を襲い、記憶を食べてしまったとか……。

（いやいや、あの琥珀様がそんなことをするはずないわ。考えすぎよね）

少々毒舌だが明るくて人懐っこい琥珀様が、宮女《きゅうじょ》を呪い殺すほどの恐ろしい幽鬼だとは思えない。

「明凛様！　どうやら清翠殿には、前《さき》の皇帝の妃である陶美人がお住まいだったようですよ。皇子皇女はいらっしゃらず、どなたかから妬まれるような方でもなかったと聞きました」

「子琴は情報通ね……。よくそこまで色々と聞いてこられるものだわ」

「他にも色々聞きましたよ！　その陶家というのは皇都では有名な医者の家系とのことで、陶美人のご家族が後宮の太医《たいい》を勤められたこともあったそうです。今は陶家のご出身の方は後宮にはいらっしゃらないようなので、家門としては廃れてしまっ……」

「しっ！　子琴、喋りすぎ！」

私は慌てて子琴の唇に人差し指を当て、言葉を遮る。

いくらここが馨佳殿の敷地内とは言え、最近は他の妃嬪《ひひん》の侍女がこっそり私たちの会話を盗み聞きしに来ていることもある。玄龍舞踊団の公演の日に、私が変に目立ってしまったことが原因だ。

下手なことを言って誰かに立ち聞きされ、皇太后の耳に入りでもしたら面倒なことになる。

「噂話はやめましょう。自分たちの身を守るためにね」

「はい、明凛お嬢様……申し訳ありませんでした。そうだ！　すっかり忘れていたんですが、蔡妃様からお茶のお誘いをいただきました。ぜひお伺いしますとお答えしておきましたよ」

「子琴！　幽鬼の噂よりも、そっちの方を早く言ってよ！　いつの話？」

「今日です……。すぐに準備します！」

申し訳なさそうに頭を下げて、子琴はバタバタと着替えを取りに出た。

◇

礼をして、蔡妃の座って待つ四阿《あずまや》に上がる。

こうして近くで彼女と顔を合わせるのは、入内《じゅだい》のご挨拶をした日以来だ。

玄龍舞踊団の公演の日も、後宮で最も身分の高い蔡妃の席は、下っ端妃の私の席とは遠く離れていた。

しかし、いくら席が離れていたと言っても、私があの日舞台に上がって派手に立ち回ってしまったのを蔡妃はしっかり見ていたはず。

その上、後宮をとりまとめる彼女が、皇帝陛下が私の住む馨佳殿に通っていることを知らないはずがない。

(蔡妃から見れば、新参者の私がいきなり陛下の寵愛をかっさらったように見えてしまうわよね)

玲玉記の中で、蔡妃が玉蘭に嫉妬して壮絶な嫌がらせをしていたことを思い出し、寒気で体がぶるっと震えた。

蔡妃と一対一で面と向かってのお茶会。話題はきっと、皇帝陛下のことになるだろう。できることなら、お茶会になんて呼ばれたくなかった。

（でもさすがに、一度お誘いを受けてしまった以上は、やっぱりお断りします、なんて言えないものね。もう、子琴が勝手に答えるから……）

意を決して、私は蔡妃に向かって頭を下げて挨拶をする。

「蔡妃、本日はお招きいただきありがとうございます」

「明凜。急に呼んだのに来てくれてありがとう。どうぞ、お座りになって」

蔡妃と卓子《つくえ》を挟み、向かい合って座る。

卓子《つくえ》の上にはお茶のほかにも、酥餅《パイ》や胡桃入りの焼菓子、珍しい果物などがたくさん並べられている。

朝餉《あさげ》の後何も口にしていなかった私のお腹《なか》が、ぐうと大きく返事をした。

「……ふふっ、明凜は面白いわね。珍しい菓子が手に入ったと聞いたので、持ってきてもらったのよ。私も初めて見るものばかり。楽しみだわ」

「こんな素敵なお菓子をありがとうございます。たくさんあって目移りしてしまいますね」

蔡妃は優しく微笑むと、私から視線を逸らして子琴に向かって目配せをした。

私の後ろで珍しい菓子に目を奪われていた子琴は、ハッと我に返った様子で慌ててお茶の準備をし始めた。

蔡妃の侍女たちは、四阿《あずまや》の端で静かに並んで控えている。

上級妃の侍女よりも下級妃の侍女が率先して動くのが、後宮の掟だ。今の皇帝陛下の後宮では称号を与えられた妃はまだいないから、おのずと実家の身分が高い妃が上、ということになる。

妃同士だけではなくこうして侍女たちの間でも、主人の家柄を探り合いながら仕事をしなければならないなんて。後宮で生き残るのは、誰にとっても茨の道だ。

青い顔をして手を震わせながらお茶を淹れる子琴を見ながら、私も粗相をしないようにしなければと肩に力が入る。

お茶や菓子に手を付けるのは、毒見の意味も込めて、身分の高い蔡妃よりも私のような下級妃が先だ。それなのに蔡妃は懐から斐紙《ひし》を取り出すと、これ見よがしに菓子に手を伸ばした。

「……蔡妃、お待ちください！」

(今、わざと私に見せ付けるように先に手を伸ばしたわよね⁉)

私の言葉に手を止めた蔡妃は、黒子《ほくろ》のある口元をにっと上げて微笑んだ。

「明凛、いいのよ。毒見は終わっているのだから、私が先にいただくわ」

「いいえ、こういう時は私の方が先に。どうかお待ちください」

私は慌てて目の前にあった酥餅《バイ》を手に取った。

わざと私に後宮の掟を破らせて、いじめの口実にでもしようとしていたのだろう。そうは問屋が卸さない。

「気にしなくていいのよ、明凛。それよりも、一度に口に入れすぎじゃない？　大丈夫？」

確かに、焦って口に菓子を突っ込んだので、喉に詰まって声が出ない。咳払いをしたいのにそれも上手くできず、私は半分涙目のまま蔡妃に頭を下げた。

するとちょうどその時、私の背後から両肩に誰かの大きな手がポンと置かれる。

（……ん？　あれ？）

この手の主は誰だろうかと私が振り向く前に、見慣れた袍《ほう》に身を包んだ男が隣に座った。

「私の寵妃《ちょうき》は、随分と美味しそうなものを食べているじゃないか」

「へっ、陛下……!?」

「蔡妃よ、この菓子はどこから手に入れたのだ？」

珍しくこんな昼間に後宮に現れた陛下は、堂々と私を寵妃《ちょうき》と呼んだ。そしてごく自然に私の腰に手を回すと、身を乗り出して卓子《つくえ》の上の菓子を眺める。

よりにもよって、この後宮を牛耳《ぎゅうじ》る蔡妃とのお茶の最中に駆けつけるなんて、陛下も空気が読めない男だ。明日にはもう、全後宮を敵に回すことになる気がする。

……というか、陛下は後宮に無関心だと聞いていたのだが、それにしては女の扱いに手慣れすぎていないだろうか。私ばかりが陛下の一挙手一頭足に心を翻弄されているようで、なんだか悔しい。

私は陛下に心臓の鼓動を聞かれてしまわないように、反対側に顔を背けた。

突然現れた陛下の姿に驚いた様子の蔡妃が答える。

「……皇帝陛下。私も詳しくは存じ上げないのです。白龍国だか赤龍国の使者が、皇宮に献上したものと聞いたように思います。いただき物ですので、私もよく知らず……」

「どおりで、見たことのない珍しいものだと思ったよ。蔡妃はもうこれを食べたのか？」

「……いいえ、まだいただいておりません」

二人の会話を聞きながらも、喉が詰まった感じが取れず、私は陛下から顔を背けたままコホンと咳をした。

「おや。我が寵妃《ちょうき》は、菓子を食べるのを邪魔されたようで怒っているのか？　どれ、私も一ついただこう」

陛下が菓子に手を伸ばそうとすると、蔡妃が立ち上がって慌てて陛下の手を止める。

「陛下！　まずはお毒見をしなければ」

「……蔡妃。其方《そなた》は私が毒見を好まないことを分かっているはずだろう？」

陛下の声が、少しだけ低くなった。

皇帝陛下が毒見を拒否していることは、限られた側近しか知らない秘密なのだろうと思っていた。それを公《おおやけ》にすることで、陛下の命は狙われやすくなるはずだから。

それなのに今、陛下は堂々と「毒見は不要だ」と蔡妃にまで宣言している。

（もしかして陛下は、ご自分の命が狙われても構わないとでも思っているの？）

入内《じゅだい》してから朝な夕な陛下と共に時を過ごし、私にはいくつか思い当たることがあった。

私が毒見をしているにもかかわらず、陛下は毒見が済んだものも積極的に食べようとはしない。私が美味しそうに食事をする姿を眺めて楽しんでいるだけのように感じることもある。

朝から晩まで休むこともせずに働き詰めであるし、信頼できる側近も商儀様以外には名前を聞いたことがない。仕事はほとんど自身でこなしているのだろう。

それに、とにかくよく風邪を引く。

碌に食事もしないから、不摂生がたたって体が弱っているのではないだろうか。

（まるで、自分はどうなっても良いなんて思っているようで……！）

もし私がこれまで感じたことが本当ならば、玲玉記に登場する青永翔とは比べ物にならないほど、もっともっと陛下は自分の過去を拗らせている。

（こんなにも自暴自棄になっているなんて）

陛下から顔を背けて座っていた私は、涙目になった顔を隠すことも忘れて陛下の方に振り返った。

隣に座る陛下の顔を、まっすぐに見上げる。

陛下は涙を滲《にじ》ませた私を見て、少し驚いたような顔をした。

「陛下。これからはどんな時もお毒見をいたしましょう。毒見は好まないなんて、そんなことは二度と仰らないで。ご自分の命を大切に……」

途中まで喋ったところで、突然陛下が私の体を抱き寄せた。私の顔は陛下の胸に深く埋まり、息苦しいほどに強く抱き締められる。

「へっ、へいかっ！　ぐるじい……！」

「蔡妃よ。曹妃は体調が芳しくないようだ。馨佳殿に連れていくので、私も先に失礼するよ」

そう言うと陛下は私を軽々と横抱きにし、私の顔を自分の胸に押し付けたまま、急いで四阿《あずまや》を後にする。

私は何がなんだか分からず、陛下の腕の中でもぞもぞと暴れた。

「陛下！　突然どうしたんですか……！」

拳でぽかぽかと胸を叩くが、陛下の足は止まらない。急いでついてくる子琴を振り返ることもなく、早足で蔡妃のいる四阿《あずまや》から離れていく。

「……明凛」

陛下が私の耳元で小さく囁く。

「なんですか、陛下。とりあえず降ろしてくださいませんか？」

「明凛、先ほどの菓子には毒が盛られていたのか？　花鈿《かでん》が光っている」

「え……？」

陛下に言われて額の花鈿《かでん》に触れてみると、確かに花鈿《かでん》はほんのりと熱を持っていた。

馨佳殿に戻ると、陛下は子琴に急いで人払いを命じた。誰もいなくなった房室《へや》で私を牀榻《しんだい》に降ろすと、陛下は牀榻《しんだい》の横にあった椅子に座る。

花鈿《かでん》を隠すために額に当てていた私の両手を、陛下はそっと開かせた。

「……やはりな。少し光って熱を持っている。菓子を口にしたのは明凛だけか？」

「はい。私が蔡妃よりも先に菓子を口にしました」

額の花鈿《かでん》に意識を向けて集中すると、確かに少し熱を持っているようにも思える。

自分でも毒に気付かないほどだから、菓子に含まれていたのはごくごく弱い毒だったのだろう。

もしも蔡妃が私の花鈿《かでん》を目にしたとしても、昼間の陽の下なら気付かれないほどのほのかな光だ。

花鈿《かでん》が毒に反応することを知っている陛下があの場に来なければ、私は毒に気付かないままだったかもしれない。

「蔡妃が菓子に毒を盛ったのか」

「……いいえ、それは分かりません。私が四阿《あずまや》に行った時には既に菓子が並んでいましたし、蔡妃もいただき物を並べただけと仰っていました」

すっかり青ざめた顔の陛下は、項垂れる私の額に指でそっと触れる。

「明凜に毒を盛ろうとしたことは絶対に許さない。あの場で蔡妃を問い詰めなかったのは、そうすることで明凜の花鈿《かでん》の力が公《おおやけ》になってしまってはまずいと思ったからだ。それがなければ、あの場で刀を抜いていたかもしれん」

「陛下、落ち着いてください！　陛下は時々、そういう寂しそうな顔をなさいますが、私は陛下の本当の妃でもなんでもありません。私が毒を盛られたかどうかなんて、陛下が気にすることではないんです！」

私の言葉に、陛下の片眉がひくひくと上下した。

額から離した私の手をもう一方の手で握り、静かな怒りを抑えるように唇を噛む。

「……本気でそう言っているのか」

「本気です。陛下のお命が、この国で最も大切です」

「私が聞いたのはそこじゃない。明凛が毒を盛られたかどうかを、私が気にする必要はないと？　それは本心か？」

「ええ、もちろんです。だって私は、陛下のお毒見をするという約束で後宮入りをした、仮初《かりそめ》の妃にすぎないのですから……」

（陛下が愛するのは、私じゃない。鄭玉蘭でしょう？）

陛下の優しさを自ら遠ざけようとしているくせに、私の胸は今にも張り裂けそうだ。私は陛下の本当の妃じゃない。陛下に気にかけてもらえるような、そんな立場の人間じゃない。陛下が愛するべき人は他にいる。

次に口を開いた陛下の唇には、うっすらと血が滲《にじ》んでいた。

「……そうか。明凛は曹侯遠の官職復帰が叶えば、もう私とは関わらないのだったな。だが、その前に毒で命を落としてしまっては元も子もない。これからは蔡妃とは距離を置け」

そう言って立ち上がると、陛下は私と目を合わせず房室《へや》を後にする。

その日の晩は、夕餉《ゆうげ》の時間になっても、陛下が馨佳殿を訪れることはなかった。

◆

——これは夢か現《うつつ》か。

夜空いっぱいにゆらゆらと、数多《あまた》の天燈《ランタン》が浮いている。

天燈《ランタン》の小さな灯りは目の前に広がる川の水面にも映り込み、まるで満天の星空のように瞬いていた。

まるで自分が夜空を飛び回る青龍にでもなったかのような気分で、私は水面に浮かぶ星々を眺めていた。

ふと我に返ると、先ほどまで隣にいたはずの少女の姿が見えない。

焦って辺りを見回すと、少し離れた場所に少女が立っているのを見つけた。

(——琥珀、あんなところで何を話し込んでいるんだろう)

琥珀という名のその少女は、祭りの露店の横で大人の男と話し込んでいる。男はちょうど木の陰にいてこちらから顔は見えないが、琥珀に露店の売り物の菓子を渡したようだった。

(琥珀は食いしん坊だな。こんなに美しい空よりも、菓子の方が気になるのか)

菓子の包みを持って小走りにこちらに戻ってくる琥珀を見ていると、自然と頬が緩んだ。

琥珀の父には黙って勝手に祭りに連れてきたからには、琥珀を迷子にさせるわけにはいかない。しっかりと彼女を守らなければと自分に言い聞かせ、琥珀が走って戻ってくるのをじっと見守っていた。

「永翔様！　あそこの男の人がね、饅頭《まんじゅう》をくれたの！」

まだ四歳の無邪気な少女は、饅頭《まんじゅう》の包みを大切そうに抱えている。

「饅頭《まんじゅう》を半分こして二人で食べたら、大人になった時に結婚できるんだって！」

「琥珀、絶対にそれ騙《だま》されてる。そんな話聞いたことないよ」

「ええっ、だって。あそこにいるオジサンが、必ず二人で半分こして、『せーの！』で食べなさいって言ったよ？　そうすれば結婚してずっと一緒にいられるからって」

小さな女の子にそんな嘘を教えるなんて……と呆《あき》れながらも、私の心は幸せで満たされていた。

母が夏玲玉の陰謀によりあらぬ疑いをかけられ、皇宮での後ろ盾も居場所もなくした私にとって、教育係の曹侯遠は父のような大切な存在だった。そして侯遠の一人娘である琥珀も、裏も打算も何一つない純粋な気持ちで私を慕ってくれている。

琥珀から私に向けられる無条件の愛は、涙が出るほどに心地よかった。

（でも……）

「ごめんね、琥珀。私は外で勝手に食べ物を口にしてはいけないと言われているんだ。

必ず毒見を……」

「え？」

隣にちょこんと座った琥珀は、私の話が終わる前にもう饅頭《まんじゅう》を半分割って口にくわえていた。

まるで団栗《どんぐり》のように丸い目をした琥珀は、きらきらとした瞳で私を見つめる。

体から、さあっと血の気が引いた。

どこの誰かも分からない者から受け取った菓子を、疑いもせず口にするなんて。

私は咄嗟《とっさ》に琥珀の口から饅頭《まんじゅう》を取り上げ、それを思い切り地面に投げつけた。

「駄目だよ琥珀！　食べたら駄目だ！」

「う……うぁ、うわぁぁぁん！」

私の剣幕に驚いた琥珀は、大声で泣き始める。

その時、支流の桟橋《さんばし》近くに、私たちを捜しにきた曹侯遠の姿が見えた。侯遠は私たちを見つけると、すぐにこちらに向かって駆けてくる。

侯遠に無断で琥珀を祭りに連れ出した挙句、勝手に菓子まで食べさせてしまった。

その上、その琥珀は今まさに、大泣きしている最中だ。

（絶対に怒られる……）

不甲斐なさのあまり、私の目には涙が滲《にじ》んだ。

　すると、隣にいた琥珀の泣き声が突然止まる。

「あれ、琥珀？　どうした？」

「……う……ゴホッ」

　突然激しく咳込んだ琥珀の上衣に、どす黒い染みが大きく広がっていく。私の目に浮かんでいた涙は引っ込み、両手が震えた。

　琥珀が口から血を吐いたのだ。口元を押さえる小さな手の指の間から、ボタボタと血が滴《したた》り落ちて染みを広げていく。

「琥珀！　血がっ、血が出てる……！　ちょっとだけ待ってて、すぐに侯遠を呼んでくるから！」

　長椅子に琥珀を横たわらせ、私が侯遠の元に走ろうと立ち上がった瞬間――

「えいしょ……う……さま……！」

　一度横になった琥珀が、私の裙の端を掴んで引き留めた。ぐったりとした様子のまま立ち上がると、まるで何かから私を庇《かば》うように抱きついてくる。

　その直後、琥珀の背後で、トスンという小さな音がした。

　どこからか飛んできた矢が、琥珀の背中に刺さったのだった。

◆

「……っ！」

飛び起きると、夜半の静かな空気に包まれた房室《へや》の牀榻《しんだい》の上だった。

寝衣は汗でぐっしょりと濡れている。誰もいない静寂の中に、自らの心臓の音だけが大きくこだましているように感じた。

（……昔の夢を見てしまったか）

掛布の端を握りしめながら大きく息を吐き、ここはどこだったかと辺りを見回す。

（そうか、今夜は馨佳殿には行かなかったのだ）

今、隣に明凛がいないことが、寂しいようでもあり、安堵もした。

幼い頃、私は母を病で亡くした。

当時、夏玲玉を階段から突き落としたという疑いをかけられた母は、父である皇帝陛下の温情により、公《おおやけ》に処罰はされなかった。しかしその後、母の親族である楊家の者は軒並み青龍国の官職を追われることになった。

すっかり後ろ盾をなくしてしまった私を「療養のため」という口実で後宮から連れ出し、皇都の片隅でひっそりと育ててくれたのが、曹侯遠だった。

侯遠のことを父よりも父のように慕い、曹家での暮らしが永遠に続けばいいのにと願っていた。

しかし私は、侯遠の恩に報いるどころか、自分の不注意により侯遠の一人娘を死なせてしまったのだ。

その時のことを、今でもこうして時々夢に見る。

侯遠の娘・曹琥珀は、普段から皇太子である私を命がけで守るようにと言い聞かされていたらしい。

曹家では、私が何かを口にする前には、侯遠や従者が必ず毒見をすることにしていた。それを身近で見ながら育った琥珀も、自然と自らの役割を理解し、受け入れていたのだろう。

あの祭りの夜もきっと、「毒見をするのは自分しかいない」と思い、私よりも先に饅頭《まんじゅう》を口にしたのだ。

本当は「せーの！」のかけ声で一緒に食べたかっただろうに、たった四歳の女の子がそれを我慢して、自らの役割を全うした。

その上、誰かが弓矢で私を狙っていることに気付くと、毒に侵された身を挺して私を庇《かば》ったのだ。

毒入りの饅頭《まんじゅう》、そして毒の仕込まれた矢。

どちらも私が従者と離れた隙に命を狙おうとした何者かの謀略《ぼうりゃく》だったはずだ。罪のない琥珀が受けるべきものではなかった。

琥珀の背中に矢が刺さった後、その場に駆けつけた侯遠は琥珀の体を抱き寄せて咽《むせ》び泣いた。

私の従者も侯遠と共に駆け付けたが、まだ私を狙っている者がいるかもしれないと言い、私は無理矢理に従者の馬に乗せられた。

当時六歳だった私の目から見ても、琥珀が既にこと切れているのは明らかだった。

自分を庇《かば》ったせいで琥珀が犠牲になったのに、彼らを置いてこの場を離れられるものかと必死に抵抗したが、大人の男の力には敵うはずもない。

そのまま私は従者の馬で、皇宮へと連れ戻されてしまったのだった。

(あの日、私が琥珀を勝手に祭りに連れ出しさえしなければ……)

琥珀が亡くなった日から十五年近く経った今でも、私の心は後悔の念にがんじがらめに囚われている。

青龍国を救うため、母の名誉を守るため。

そんな名目で再び立ち上がり、本来ならば顔向けなどできないはずの曹侯遠にも会った。

私のせいで娘を失った侯遠は、さぞや私を恨んでいるに違いない。青龍国のために官職に戻ってほしいなどと、本来であれば言えた立場でないことは重々分かっている。

皇太后から青龍国を取り戻すために、私は皇帝として前を向いた。しかしその裏では、琥珀を死なせてしまったことへの罪悪感が常に糸を引いている。

私などいつ死んでもいい存在なのだと、そんな投げやりな気持ちがどうしても消えてくれない。

そして今も私は、新たな罪を積み重ねようとしている。

曹琥珀と黄明凛は、別人だ。

毒に倒れて皇都で死んだ曹琥珀と、名門黄家で育った黄明凛。明凛には生まれつき、琥珀にはなかったはずの花鈿《かでん》の痣《あざ》がある。

それなのに、私は心の中で勝手に明凛と琥珀の姿を重ねている。

四歳で亡くなった琥珀と十八になる明凛を比べようもないのだが、私にはどうしても明凛が琥珀の成長した姿に見えて仕方がない。

そんな気持ちがあったから、明凛を仮初《かりそめ》の妃にしようという商儀の愚策《ぐさく》にまんまと乗って明凛を後宮に引き入れ、結果的に危険に巻き込んでしまった。

(早く曹侯遠を官職に戻し、明凛を後宮から出さなければならない。そうでないと、私はまた新たな後悔を背負うことになる)

馨佳殿にいるのは黄明凛であって、曹琥珀ではない。

自分に何度も言い聞かせながら、私はもう一度牀榻《しんだい》に横たわり目を閉じた。

◆

「ちょっと、永翔さまぁっ！　少し待ってくださいよ！」

「商儀！　遅いぞ！　それでは早駆けの意味がないではないか！」

むしゃくしゃする気持ちを晴らそうと、私は商儀を連れて密かに皇宮を出た。

青龍川の中流、砂地になっただだっ広い場所で馬を下り、側にあった岩に腰をかける。

馬を繋ぎ、汗を拭きながらついてきた商儀は、側に来るやいなや私に向かって説教を始める。

「永翔様……！　何を苛立ってるんですか！」

「別に、何もない。たまには一人になりたかっただけだ」

「一人になりたいって……。最近、馨佳殿に行かないのはそれが理由ですか？　せっかく青龍国の官吏たちの間で曹妃の人気が高まってきたんです。曹侯遠殿の復帰も目の前。もう少し頑張ってくださいよ！」

鬱々とした気持ちを変えるために、わざわざ馬を走らせてこんなところまで来たというのに。

嫌なことを思い出させる商儀に苛立って、私は足元の石を拾って川の方に力いっぱい投げた。緩やかな川の水面に何度も弾かれて、石は遠くまで飛んでいく。

（商儀め。最も聞かれたくないことを、なぜわざわざ……）

商儀の言う通り、ここしばらく私は明凛のいる馨佳殿には通っていない。明凛に対して、「毎晩馨佳殿に通うから、寵妃《ちょうき》のフリをしろ」などと馬鹿な提案をしたのは、私の方だったのに。

「やはり、無関係の黄明凛を巻き込むのはもう終わりにしよう。侯遠の復職については、近いうちに朝議で話をするよ。反対意見は出るだろうが、根気よく説得していくしかない」

「だから、もうしばらく曹妃の所に通ってくださいよ！　寵愛を受けたのに一瞬で捨てられた妃の父親を、重臣に登用しようなんて思う人がいると思いますか？」

ふてぶてしい顔で商儀は私の横に跪き、懐から封がされた手紙のようなものを取り出した。

「……これは？」

「数か月前に亡くなったという、宮女《きゅうじょ》に関するものです。楊淑妃の冤罪を晴らすために、私も陰で色々と働いているんですよ」

「宮女《きゅうじょ》の手紙が、母の冤罪と関係があるのか？」

「はい。その宮女《きゅうじょ》が亡くなった時に、懐に入っていた手紙だそうです。読んでいただければお分かりになるかと」

手紙と言うには心許ないほどにボロボロになった紙の切れ端を、商儀から手渡される。破れないように慎重に、黄ばんだその紙を開いた。

「……許陽秀《きょようしゅう》？　誰のことだ？」

「十五年前に後宮で太医《たいい》を務めていた者です。皇太后が楊淑妃に階段から突き落とされた時に、皇太后を診たのがこの許陽秀です。どうやらその手紙は、許陽秀の家族に向けて書かれたもののようですね」

「それを、その宮女《きゅうじょ》が持っていたのか？　十五年も？」

「はい。宛先には届けずに持っていて、なぜか数か月前にその手紙を懐に入れたまま亡くなった。宮女《きゅうじょ》は元々、陶美人の侍女の一人だったそうです」

もう一度、手紙に書かれた文字を見る。ところどころ消えかけてはいるが、かろうじて「清翠殿に有り」という文字が見える。

「清翠殿とは、十五年前に陶美人が暮らしていたところだな。当時の太医《たいい》である許陽秀と陶美人の間に、何か繋がりがあったのだろうか？」

「古参の宮女《きゅうじょ》に聞いたところによると、許太医《たいい》は皇太后以外にも陶美人や陛下のお母君の楊淑妃も診ていたようです。繋がりが、なかったわけではないかと」

立太子の儀の途中、皇太后が階段から転落した。母が皇太后を突き落としたのを見たと証言したのが、その陶美人だった。

皇太后の流産を確認した許太医《たいい》が、陶美人と繋がっていた。

そしてその陶美人の侍女が、許太医《たいい》に関する内容の書かれた手紙を持って数か月前に亡くなった。

「……いや、分からん。全く分からん。清翠殿は今どうなっているのだ？　そこに入って調べることはできないのか？」

「陶美人が亡くなった後は、あそこには誰も住んでいません。縁起が悪いからと誰も手入れせず、荒れてしまっていますね。人が住めるような状態ではないです。しかも……」

「しかも？」

「清翠殿には幽鬼が出るんですよ！　殿舎全体がゆらゆらとした青白い焔に包まれているように見えて、周辺に時々髪の長い女の幽鬼が現れるそうです！」

それこそ幽鬼のように青白い顔で、商儀は震えながら身を竦める。

「幽鬼だと？　何を言うのだ。今のお前の顔の方がよほど幽鬼だ。気にせず清翠殿の中に入ればよいではないか」

「ええっ⁉　ご自分が入らないからってそんな簡単に……！　件《くだん》の宮女《きゅうじょ》も、清翠殿に近付いた直後に亡くなってるんですよ⁉」

「商儀」

「はい」

「お前、さては幽鬼が怖いな？」

「……！」

細い目をいっぱいに見開いて怯える商儀に呆《あき》れながら、私は宮女《きゅうじょ》の手紙を懐にしまった。

◇

『なんで最近、皇帝は馨佳殿に来ないの？　あなたもしかして嫌われちゃった？』

今日もいつもと変わらない琥珀様の毒舌が、私の頭上から降りそそぐ。

清翠殿に現れるという幽鬼の正体が実は琥珀様なのではないかと不安に思っている私の気持ちには、もちろん気が付いていないようだ。

琥珀様の言った通り、実は最近めっきり陛下の訪《おとな》いが途絶えている。

陛下がちゃんと食事を摂っているのかどうか心配しすぎて、夜もなかなか寝付けない日々が続いていた。

少し気分を変えようと、馨佳殿の裏に咲く紫陽花《あじさい》を切りに来たところに、ぬっと上から現れたのが琥珀様だ。

「私が陛下の気に障るようなことを言ってしまったのかもしれません。お食事はどうしているんだろう」

『皇帝と喧嘩したってこと？』

「喧嘩というわけでは……。でも、毒を盛られた私を心配してくれた陛下に、私のことは気にしないで！　って突き放してしまったんです」

『あらまあ。あの男、自分のために誰かが命を落とすことをとても怖がっているのよ。明凛も知っているでしょう？』

「そうですね。陛下が目の前で毒見役を何度も失って傷ついていることを知っていたはずなのに、軽はずみなことを言ってしまいました」

『……嫌なことは続くもの。ほら、あなたに毒を盛った張本人が来たわよ』

琥珀様が目をやった方向、紫陽花《あじさい》の向こう側に目を向けると、そこには馨佳殿に向かってくる蔡妃の姿があった。

（陛下は蔡妃と距離を置けと仰ったけど、あちらからいらっしゃったら拒めないのよ）

私は蔡妃を迎えるために立ち上がる。

私に毒を盛ったかもしれない相手。玉蘭をいじめるはずだった、後宮のお局様。

「蔡妃にご挨拶をいたします」

「明凛、突然ごめんなさいね。先日は大丈夫だったかしら」

「はい、すっかり良くなりました。せっかくお茶に呼んでいただいたのに申し訳ありませんでした」

蔡妃は侍女に目配せをして人払いし、その場には私と蔡妃の二人が残される。

「昨晩も陛下は明凛のところへ？」

「あ……いいえ、陛下は最近お忙しいのかと……」

「そうよね。初めに言った通り、皇帝陛下は後宮にはご興味がないみたい。だからあまり気に病まない方がいいわよ」

陛下の話題にも顔色一つ変えない蔡妃の様子を見るに、嫉妬で私をいびりに来たのではないようだ。

（それじゃ、一体何をしに来たのかしら）

無意識に訝しげな顔をしてしまっていたのか、蔡妃はそんな私を見てクスクスと笑う。

「安心して。あなたをどうにかしようというのじゃないのよ。陛下があまりにも私たちに興味をお持ちにならないから、他の妃嬪《ひひん》たちも皆、暇を持て余しているの」

「そんな、お暇だなんて」

「ふふっ、そんなものよ。明凛は金の蝶を知っている？　時々この後宮に現れる、金色の羽を持つ蝶なの。今度、皆でその蝶を捕まえる勝負をしようと思っていてね」

「金色の蝶！　それは珍しいですね」

聞けばその蝶は、夕方になると時折後宮内に現れてひらひらと舞うらしい。

もの珍しさに宦官《かんがん》や宮女《きゅうじょ》たちが捕まえようとするものの、動きが素早く、未だに捕まえられた者は一人もいない。

「金の蝶は幸運の象徴だと言われているわ。蝶を捕まえられた者は、次に陛下の寵愛を受けられるはずだと皆息巻いているの。明凛も参加しない？」

「陛下の寵愛を……ですか」

「まあ、あなたには必要ないかもしれないけれど」

陛下の寵愛を受けられるのは、私でも他の妃嬪《ひひん》でもない。鄭玉蘭ただ一人だけ。

いくら金の蝶が幸運の象徴だとしても、玉蘭以外の妃が陛下の寵愛を受けられるようになることは絶対にない。

それでも今の私は、こんな迷信じみた話にさえ縋りたいほど、気持ちが沈んでしまっている。

（他の妃なんかに陛下の寵愛を渡すわけにはいかない。陛下が愛し合うのは、玉蘭だけなんだから!)

急にやる気になってきた私は、鼻息荒く蔡妃の手を取った。

「蔡妃! 私、金の蝶探しに、絶対に絶対に参加いたします!」

◇

――数日後、金の蝶探し当日の夕方。

後宮の妃嬪《ひひん》たちはそれぞれにお付きの宦官《かんがん》や侍女たちを引き連れて集まった。蝶を捕えるための網や追い立てるための扇子など、思い思いの道具《ぶき》を持っている。

「行くわよ、子琴! 絶対に私たちが一番に金の蝶を捕まえるんだから!」

「明凛様、どう見ても多勢に無勢です。私たち二人だけじゃ絶対に負けますって」

「何を言うのよ。私がなぜこの後宮に来たと思ってるの?」

「え? 理由なんてありましたっけ? 黄家の旦那様のお言いつけでは……?」

「あっ、ああ。そうだったかもね」

(そうだ、子琴にはそう説明していたのよね)

ついつい「皇帝陛下と玉蘭の恋を応援しに来ました!」などと口走ってしまいそうだったところをなんとか呑み込むと、私と子琴の二人は蝶を探しに出た。

私の普段の行動範囲と言えば、馨佳殿とその周辺の庭院くらいのもの。蝶探しに出て初めて気が付いたが、後宮は想像していたよりもずっと広い。

朱色に塗られた壁は見渡す限りまっすぐに続いていて、壁と壁に挟まれた細い路を延々と歩いていると、後宮の端に到着するのに三日はかかるのではないかとまで思えてくる。

「蝶を捕まえるどころか、見つけるのも無理じゃない……？」

「明凛さまぁっ！　いくら探しても見つからないし、もう疲れましたよ」

子琴は早々に弱音を吐いて、すぐ側の木の下に座り込んだ。

「もう……諦めるのが早すぎるわよ！」

（こんな時こそ、琥珀様がいてくれたら良かったのに）

空を自由に飛べる琥珀様なら、金の蝶の居場所もすぐに分かりそうなものだ。

しかしその琥珀様、実は数日前から馨佳殿に戻ってきていない。気まぐれな彼女のことだから、きっと後宮内を好きに偵察して回っているのだろう。

渋る子琴を休ませて、私は周辺の木々の枝の間を見上げて蝶を探す。

夢中になって探しているうちに、いつの間にか辺りは少しずつ暗くなってきた。

「駄目だわ、全然見つからない。もう日が暮れちゃう」

既に一刻近くも探し続けているような気がするのに、金の蝶は一向に現れる気配がない。諦めて早々に切り上げた者も多いのだろうか、先ほどまではちらほら見かけた他の妃嬪《ひひん》たちの姿も見えなくなった。

「ねえ、子琴。もう既に蝶を捕まえた方がいらっしゃるかも」

「そんなはずはありませんよ。見つかったら大きく鈴を鳴らして知らせると言っていましたもの。もう少し後宮の奥の方まで探しに行った方が良いのでは？」

「そうね、もう少しだけ粘りましょうか。子琴、歩ける？」

後宮の奥の方に進む途中で何人かの妃嬪《ひひん》や侍女とすれ違ったが、皆半分諦めたような浮かない顔をしている。やはり誰もまだ金の蝶を見つけていないようだ。

（もう限界ね。灯りもないし、そろそろお開きかしら）

先を行く子琴を呼び止めようと目をやると、視線の先の少し離れたところに一瞬だけ、何かがきらりと光ったのが見えた。

私と子琴は、顔を見合わせる。

そのまま二人で、その何かに向かって走り出した。金色の光のようなものを見た場所まで来ると、角を曲がって再び蝶の姿を探す。

「明凛様、あっち！」

「いたの？　行きましょう！」

まるでどこかに誘うように、金の蝶は路をひらひらと飛んでいく。見失わないように急いで追っているうちに、私たちは人気《ひとけ》のない場所にたどり着いていた。

金の蝶の姿は、どこかに消えていた。

「明凜様、ここはもしかして」

「……嘘でしょ。まさか、清翠殿？」

「多分そうですね。ほら、あそこ！　ぼろぼろになって崩れていますが、『清翠』という字が見えます」

子琴の指差した方向、古い屋根の軒下には、清翠殿の文字の痕跡《こんせき》のようなものが見えた。

（ここに噂の幽鬼がいるの……？）

同じ後宮内だとは思えぬほど、清翠殿は荒れている。殿舎だけではなく周囲の石塀もところどころ崩れ、瓦礫となって積み重なっていた。

蜘蛛《くも》の巣があちらこちらに延びているのを見る限り、何年も人が足を踏み入れていないのは一目瞭然だ。

子琴が聞いた噂が正しければ、ここは前《さき》の皇帝の妃であった陶美人が暮らしていた場所。それ以降は誰も住んでいないと聞いてはいたが、ここまで荒廃してしまっていたとは。

「明凜様。例の幽鬼、いますかね？　ちょっとだけ覗いてみます……？」

「子琴、あなたあんなに怖がっていたくせにやめてよ！　幽鬼を見た数日後に亡くなった宮女《きゅうじょ》がいるんでしょう？　もう蝶のことは諦めて戻りましょう」

「何を仰るんですかぁ。せっかくここまで来たのに、幽鬼の姿くらいは遠目でもいいから見ておきません？」

私が止めるのも聞かず、子琴は恐る恐る清翠殿に近付いていく。あんなに幽鬼の噂を怖がっていたくせに、話のネタになると思うと足が止まらないようだ。

先ほどまで茜色だった空は、もうすっかり闇に呑まれようとしている。

「子琴、待って！」

ここに来てから、額の花鈿《かでん》が妙にざわざわする。清翠殿に、不吉な何かが隠されているような気がしてならない。

（近付いては駄目）

子琴を止めようと殿舎の入口に駆け寄ると、嫌な予感が的中した。これまで経験したことのないような酷い頭痛と吐き気が、突然私を襲う。

「ううっ、頭が……割れそう……！」

疼く頭を押さえ、ふらつく足元のまま子琴の肩に手を伸ばす。

痛みのせいで、目も霞む。しかしぼんやりとした視界の中でも、殿舎の中にある一本の木がぼんやりと青白い光を灯したのだけははっきりと見えた。

青白い光の中に、うっすらと人影のようなものが浮かび上がる。地面まで届きそうな長い髪が風になびき、髪の隙間から時折、青白い頬が見え隠れした。

（あれが幽鬼……！）

強い吐き気と額の花鈿《かでん》の痛みに耐えられず、私はその場にへたり込む。

「……駄目よ、子琴！　戻りなさい」

「明凛様、大げさですよ。ちょっと覗くだけですっ……て……うぎゃーっ！　幽鬼ッ‼」

幽鬼の青白い光に気付いた子琴が、悲鳴を上げる。

少し離れた場所からでも、はっきりと分かる。あの幽鬼が着ている襦裙《じゅくん》は紛れもなく、琥珀様のものだ。

子琴の目にもあの光が見えているということは、琥珀様の周りを囲む青白い光は燐火だ。つまり今の琥珀様は、激しい怒りの感情に捉われた状態だということになる。

「琥珀様、やっぱりあなたが清翠殿の幽鬼だったのね……！」

少し毒舌で、でも明るくて人懐っこくて。

しかし目の前にいる幽鬼には、そんな琥珀様の面影はほとんど残っていない。口元は裂け、そこから尖った歯が覗き、細い目は血のように赤く染まっていた。

（輪廻転生《りんねてんしょう》を阻むほどの、強い恨みを持った者が幽鬼となる……琥珀様はこの清翠殿に、生前の恨みを残していると言うの？）

こちらを振り向いた琥珀様と私の視線が合わさった、その時。

地響きのような低い唸りが殿舎の中からこちらに伝わってきたかと思うと、周りの石塀を取り囲むように、青白い線のようなものが地面に浮かび上がった。

その青白い線を見た瞬間、私の額の花鈿《かでん》がこれまで以上に激しく反応し、火傷しそうなほどの熱を発する。

（花鈿《かでん》が熱い……！　きっとあの光の線の正体は毒だわ。それも、とんでもなく強力な）

「……子琴！　絶対にその線に触れないで！　すぐ戻りなさい！」

子琴には青白い線が見えていないのだろうか。私が止めるのも聞かず、幽鬼の姿を見ようとじりじりと殿舎に近付いていく。

「やめてったら！」

私は這うようにして子琴の元に近付く。線を踏むか踏まないかのギリギリのところで、彼女の上衣の袖に手が届いた。

そのままぐっと袖を握り、殿舎と反対側の方に思い切り引っ張る。

しかし子琴が倒れる勢いで、入れ替わりに私の体は青白い線の上に倒れ込んでしまった。

「……きゃあぁっ‼」

涙の混じった叫び声を上げた私を、子琴が振り返って抱き寄せる。

「明凛様！　大変、大丈夫ですか？　逃げましょう！」

「……子琴……ここからすぐに……離れ……」

ただでさえ霞んでいた視界が、徐々に狭くなっていく。

強力な毒に触れてしまったからだろう。

花鈿《かでん》の力も空しく、私の全身の力は何かに吸い取られるように抜けて、そのまま意識を失った。

◇

「明凛、明凛……！」

うっすらとした意識の向こう側で、聞き慣れた低い声が聞こえる。

「目が覚めたか⁉　明凛」

その声に引き戻されるように目を開けると、皇帝陛下の焦った表情《かお》。

「あれ、陛下……これは夢ですかね？」

「明凛、何を呑気なことを言っているのだ。どこか痛むところはないか？　とにかく、目を覚ましてくれて良かった……」

そう言うと陛下は、私の右手を取ってそっと口付ける。

仮初《かりそめ》の夫婦らしからぬ行動に驚いて陛下の手をはねのけようとするが、目を覚ましたばかりの私にそんな力はなかった。

その代わりに掛布を口元まで引き上げて、動揺で赤くなった顔を隠す。

(何がどうなって、陛下がまた馨佳殿に来てくれたんだっけ?)

記憶が朧気だ。確か私は子琴と共に、金の蝶を追いかけていたはず。

(そうだ、蝶を追いかけているうちに清翠殿にたどり着いて、幽鬼の姿を見たのよね)

あの時私の方に振り返ったのは、青白い頬をした琥珀様だった。

恐ろしい形相《ぎょうそう》に変貌していた琥珀様。

そして、殿舎の石塀の周りに現れた青白い線状の光。

(間違いない。あの青白い光の正体は……)

「陛下、清翠殿に幽鬼が……」

「大丈夫だ、ここには幽鬼なんていない。すぐに太医《たいい》を呼ぼう。少しだけ我慢してくれ」

「いいえ、大丈夫です。私はただ、清翠殿で見たことをご報告したくて」

「そんなに震えているのに？」

先ほど口付けられた私の右手が、陛下の温かい両手でふんわりと包まれた。すると、むずがゆかった額の花鈿《かでん》が落ち着いて、不思議と体の力が抜けていく。

「……陛下、ありがとうございます。子琴は無事でしょうか」

「子琴はこの通り、無事だ」

陛下の後ろから私の顔を覗き込んだ子琴は、今にも泣きそうな顔でこくりと頷いてみせる。安心した私は陛下に人払いをするように頼み、子琴は陛下の目配せで房室《へや》から下がった。

「陛下、清翠殿で幽鬼を見たんです」

「子琴から聞いている。幽鬼など怖がらなくともよい。もう忘れろ」

「それだけではないんです。あの清翠殿の石塀の周りには呪術が施されていました」

「……呪術だと？」

琥珀様の現れた場所の少し手前、朽ちた石塀に沿って線を描くような青白い光。

あれは幽鬼の燐火《りんか》と似てはいるが、全く別物の力だ。

その証拠に、一緒にいた子琴は幽鬼の燐火《りんか》には気が付いたにもかかわらず、あの青白い線は見えていなかった。

私の額の花鈿《かでん》が激しく反応したことを考えると、あの光の正体は間違いなく毒である。何者かの呪術によって施され、かかった者を死に至らしめる、毒の罠だ。

呪術は人の為す技。幽鬼の仕業ではない。

「まるで幽鬼を閉じ込めるかのように、殿舎の周りを取り囲むように施された呪術です。人があの光に触れれば、一瞬で強い毒に侵されてしまいます。この私が少し触れただけで、気を失うほどですから」

「其方《そなた》はその呪術に、触れたのか？」

「はい。子琴を呼び止める時に、少しだけ。あの呪術は幽鬼を清翠殿に閉じ込めるためなのか、もしくは中に誰も立ち入らないようにするためのものなのか……」

「………………」

陛下は何も言わず、握っていた私の右手を離す。

温もりを失った右手をどこに置いたら良いか分からず、私はそっと右手を掛布の中に隠した。

恐らく清翠殿の幽鬼を見た数日後に亡くなったという宮女《きゅうじょ》の死因は、呪術による毒の影響だろう。

四龍の中でも呪術に長《た》けているのは、玄龍国の王家の血を引く者だけ。

この青龍国に玄龍国出身者は多くいても、後宮には多くない。ましてや、王族なんて。

「呪術を施したのは、皇太后陛下ではないでしょうか」

私が発した言葉に顔色一つ変えない陛下を見るに、陛下も既に皇太后の仕業だと察していたのだろう。元・玄龍国公主《こうしゅ》である皇太后なら、恐ろしい呪術を使いこなせるはずだ。

「明凜。私も今晩、ちょうど清翠殿の近くを通りかかったのだ」

「え？　陛下も、あの場所に？」

子琴が私の名前を叫びながら泣いているのを偶然聞きつけた陛下は、急いで私たちの元に駆け寄った。意識を失った私を抱き上げて馨佳殿まで運んでくれたのは陛下だったらしい。

陛下も子琴も呪術の形跡に気付かなかったということは、恐らくあの場所に呪術が施されていることは、誰にも分からぬよう巧《たく》みに隠されている。

もしもあれが『毒に侵される』という種の呪術ではなかったとしたら、私も呪術の存在に気付かなかったかもしれない。

「陛下はなぜ清翠殿に行こうと思ったのですか？」

「少し確かめたいことがあってな。そんなことよりも、明凜に伝えておきたい大切な話がある」

「大切な話ですか？」

陛下の顔は強張っている。

良い報せではなさそうだと覚悟して待っていると、陛下は意を決したように口を開いた。

「明凛。ゆっくり休んで回復したら、後宮を出ていってほしい」

「え？　私が、後宮を出る？」

陛下は険しい顔のまま、小さく頷く。

「なぜですか……？　曹侯遠先生の復職もまだですし、それに陛下のお毒見はどうするのですか？」

「侯遠の復職の件については、既に朝議にかけている。近いうちに復職は叶うだろう。毒見に関しても、他に毒見係を置くことにした。心配は無用だ」

（……絶対に嘘だ）

陛下が、他の人に毒見をさせるはずがない。

自分のために誰かを危険に晒すようなことを、理由もなく許すはずがない。玲玉記を読んだ私が、そのことは一番よく分かっている。

（私がたまたま毒を浄化する力を持っていたから、致し方なく毒見役を任せる気になっただけのくせに）

鄭玉蘭が現れて頑《かたく》なだった陛下の心を溶かし、陛下が愛する者のために生きたいと強く願う――その時になって初めて、陛下は毒見を受け入れるようになるのだ。

「陛下、本当のことを仰ってください。陛下のお毒見をするのに、私ほど適任の者はいませんよね？　私を後宮から出す理由が他にあるのではないですか？」

「明凛、もう休め。目が覚めたばかりなのだから無理をするな」

起き上がろうとした私を牀榻《しんだい》にもう一度押し返すと、陛下は私から視線を逸らす。

「陛下、理由を教えてください！　私はお毒見係をまっとうしようと、それなりの覚悟を持って入内《じゅだい》しました。こんな中途半端なところで投げ出すわけには……！」

「……他に、愛する者がいるのだ」

（……え？）

か細い声が、かろうじて私の耳に届いた。

「其方《そなた》の他に、心から愛する者がいる。私は勝手にその女と明凛の姿を重ねて見ていた。だからこうして其方《そなた》に近付きすぎてしまった」

「心から、愛する方が？」

陛下が心から愛する方なんて、この世にたった一人しかいない。

鄭玉蘭。

灯華祭の日に、青龍川の橋の袂《たもと》で陛下が見初《みそ》めるはずだった彼女が、いつの間にか陛下の前に現れていたというのか。

（玉蘭が入内《じゅだい》したのね？　だから陛下は最近、馨佳殿へ来てくれなかったんだ）

玉蘭が現れたのなら、私のお毒見係としての役目は終わりだ。

その上、曹侯遠先生の復職ももうすぐ叶うという。この二つの目的が果たされれば、陛下が私を後宮《ここ》に置いておく理由はない。

（だから、後宮を出ていけと言ったのね）

今目を伏せたら、涙がこぼれ落ちるかもしれない。そう思った私は、瞬きもせず陛下の顔をじっと見つめる。

陛下は私の視線から逃れるように、寝ている私の両目に手をかざす。

「今日はゆっくり休め。もう少しここにいるから」

「……はい。ありがとうございます」

陛下の手の温もりの下で、私はようやく瞼を閉じた。

ずっと玉蘭の入内《じゅだい》を待ち望んでいたはずなのに、今の私はなぜだか息苦しいほどに胸が痛んだ。

第五章　青龍

――早朝。

窓の玻璃《はり》の向こうからは、朝を告げる鳥の声。

目を開けても、まだ房室《へや》の中は薄暗い。牀榻《しんだい》の上で少し伸びをすると、私が目覚めた気配に気付いた子琴がはっとした顔でこちらを振り向いた。

「明凛様！　お加減はいかがですか？」

「子琴、色々ありがとう。ぐっすり眠ったから気分が良くなった気がするわ」

「七日も眠ってらっしゃったんですよ。もう目を覚まさないんじゃないかと思って心配しました」

「え？　七日も……？」

背中が随分と痛むのはそのせいか。子琴はずっと私の側で看病してくれていたようで、両目の下に大きなクマができている。

呪術に触れて体に取り込んでしまった毒を浄化するのに、七日間もかかったらしい。

ただ、燃えるように熱かった額も、眠る前に比べてすっきりとしている。

牀榻《しんだい》に手を着いてゆっくりと体を起こしてみるが、上手く力が入らない。心配した子琴が私の背中に手を添えてくれて、その力を借りてなんとか起き上がることができた。

「明凛様、どうか無理なさらないでください。皇帝陛下からも明凛様を無理させないようにと何度も釘を刺されていますので」

「陛下はどうなさっているの？　あの後、馨佳殿にいらっしゃった？」

子琴は悲し気に眉尻を下げ、首を横に振る。

(陛下には玉蘭が現れたものね。もう私のことなんて……)

鄭玉蘭が側にいれば、きっと陛下は過去を乗り越えられる。

大切なお母様を失い、毒見役を目の前で次々に失った悲しみと心の傷を、彼女が癒してくれるはずだ。

私が後宮で果たすべき役目は終わったのだ。

「大丈夫ですよ。明凛様が目を覚ましたことは、皇帝陛下に伝わるようにきちんとご報告します。落ち着けばまた、陛下も馨佳殿に通ってくださるようになりますから」

「ありがとう、子琴。でも私が目を覚ましたことは、まだ誰にも言わないでくれる？」

「え？　……ああ、分かりました。とりあえず何か食事を持ってきますね。明凛様のことですから、お腹《なか》が空いて大変でしょう？」

子琴の優しさが心に染みる。彼女が房室《へや》から出たのを確認すると、私はもう一度牀《しん》榻《だい》に横になった。

陛下や商儀様から見れば、私は曹侯遠先生を復職させるための駒。

私に後宮から出ろと言うからには、先生の復職が上手く進む目途がついたということなのだろう。

しかし、駒である私にも意志がある。

後宮に入る時に、私は皇帝陛下と玉蘭の恋を成就させると心に誓った。

陛下にとって私はもうお払い箱かもしれないが、私にはもう一つやらなければならないことがあるのだ。

玲玉記の中で皇太后は、楊淑妃を皇統から除名したことを足掛かりにして、青龍国での力を一層強めていくことになる。

陛下の味方だったはずの青龍国の重臣も、楊淑妃の名誉を守れなかった陛下に対して絶望し、少しずつ陛下から離れていく。

玉蘭さえいてくれれば、陛下の心を救うことはできるだろう。

しかしそれだけでは、二人の命を皇太后の魔の手から守ることはできない。

楊淑妃の除名を、必ず阻止しなければならない。青龍国の重臣たちの心を繋ぎ止めて、皇太后が簡単に二人に手出しできない状況にするために。

（きっと清翠殿には、皇太后が何かの秘密を隠しているはずよ）

件《くだん》の宮女《きゅうじょ》は清翠殿に行った数日後に亡くなったと聞く。しかし私が見た限り、その時よりも毒の力は強まっているように思う。

宮女《きゅうじょ》が清翠殿に近付いて亡くなったことを知った皇太后が、更に強い呪術をかけ直したのではないだろうか。清翠殿に入られたくない、よほどの理由があるようだ。

そしてもう一つ考えなければいけないのは、あそこに琥珀様がいたということだ。

琥珀様はなぜ清翠殿に行ったのだろうか。

後宮に来て「懐かしく感じる」と言っていたのは、やはり琥珀様が元・後宮妃だからなのだろうか。

考え込んで頭を抱えていると、房室《へや》の扉が小さくカタンと音を立てた。

「子琴、戻ったの――え？　あなたは……」

扉を開けたのは、子琴でも皇帝陛下でもなかった。

しゃなりと私の房室《へや》に足を踏み入れたのは、蔡妃だった。

（どうして？　蔡妃が私になんの用があって……）

早朝で侍女もほとんどいないこの時間。子琴も朝餉《あさげ》の手配のために房室《へや》を出ていったばかり。この馨佳殿には今、私しかいない。

（立ち上がってご挨拶をしなければ）

私はなんとか自力で体を起こし、牀榻《しんだい》から足を下ろした。すると蔡妃が私に向かって手をかざして制止する。

このままの姿勢で良い、という意味だろうか。

「明凜、やはりあなたは……」

蔡妃が手を下ろす。

まさかこんな早朝に、私のやつれた様子を見物しに来たわけでもないだろう。訪問の目的はなんだろうかと、私は身を固くした。

「蔡妃、座ったままで申し訳ありません。このような早朝に、なぜ馨佳殿に……」

「そんなことはいいわ」

私の言葉を遮って、蔡妃は牀榻《しんだい》に腰かけた私の前に立つ。

「明凜。あなた、毒の耐性を持っているわね？　いいえ……耐性という言葉では説明がつかないほどの強い力を。それは呪術か何かかしら？」

蔡妃の言葉に、私は何も言えずに黙り込んだ。

額の花鈿《かでん》が持つ力のことを勘付かれてしまった。

（私が毒を浄化できることは陛下と商儀様しか知らないはず。蔡妃が私の力に気付いたのはなぜなの？）

思い起こされるのは、蔡妃からお誘いを受けたお茶会の日のこと。あの日卓子《つくえ》の上に並べられた菓子には、毒が仕込まれていた。

ごくごく弱い毒だったけれど、私の花鈿《かでん》が毒に反応していることに気付いた陛下が、私を抱き上げて馨佳殿まで運んでくれたのだった。

（あの時菓子に毒を盛ったのは、やはり蔡妃だったのね？）

私が蔡妃の顔をじろりと見上げると、彼女は細い指を口元にやって冷たく笑った。

「あら、もう分かってしまったかしら」

「蔡妃。やはりあの時の菓子に細工をなさったのは蔡妃なのですか？　なぜそんなことを……」

「あの程度の毒では人は死なないわ。でも普通の人間ならば、その場で倒れて痙攣や嘔吐くらいはするでしょう。それなのにあなたは涼しい顔で、菓子を全て飲み込んだ」

蔡妃は私の額にある花鈿《かでん》を、訝しげに見下ろす。

確かにあの日、菓子が少し喉にひっかかる感じはあった。私が自分でその異変に気付いて、倒れるフリでもしておけば良かったんだろうか。

陛下が四阿《あずまや》に来た後も何事もなかったかのように振る舞っていたから、蔡妃に疑われてしまったのだ。

（蔡妃は皇太后と繋がっている？　いいえ、二人は青龍と玄龍に分かれて対立してい

るはず。ということは、私の力を皇太后に伝えることはなさそうね）

何も聞かなかったことにして、今こそ倒れるフリをしてしまいたい。私は冷や汗を拭いながら前髪を少し下ろし、蔡妃に見えないように花鈿《かでん》を隠した。

「陛下がすぐにあなたを連れて帰ってしまったから、本当にあなたが毒に耐性があるのか確信が持てなかったの。だから少し手荒だったかもしれないけど、清翠殿に行ってもらった。それでもあなたは死ななかったわよね？」

（清翠殿に、行ってもらった？　どういうこと？）

「……蔡妃は一体何をご存知なんでしょうか？　私をなぜ清翠殿へ？」

「清翠殿に行った宮女《きゅうじょ》が亡くなったのは知ってる？　後宮を取りまとめている私が、宮女《きゅうじょ》の死因を調べないわけないわよね。彼女の体からは毒が見つかったわ」

長い話になるのだろうか、蔡妃は私の隣に腰かけた。

目は笑っていないのに、口元だけは微笑みを湛えている。小さな黒子《ほくろ》が笑みに合わせて動くのが妙に目についた。

「ねえ、明凛。幽鬼は人の記憶を食べることはあっても、恨んでもない人を殺したりはしない。つまりこの後宮にいる誰かが清翠殿の周りに、触れたら毒に侵される呪術を仕掛けたということになるのよ」

「それで、蔡妃は私にどうしてほしいのですか？」

「もしあなたが毒に耐性があるなら、あの清翠殿に入ることができるのではない？

あそこに入って、取ってきてほしいものがあるの」

そう言った蔡妃の声からは、何者かに追い詰められているような緊迫感が伝わってきた。

「清翠殿に何が隠されているのかご存知なのですか？」

「私には分からないわ。だから見てきてほしいの。知っていると思うけど、私の父は青龍国の重臣、蔡雨月よ。私があなたに協力できることがあるわよね？」

「まさか……交換条件というわけですか？」

「ええ。楊淑妃の除名を止めていただくように、私から父に頼むわ。いくら玄龍国の官吏が多いと言えど、ここは紛れもない青龍国の皇宮。父の言うことを無視することなんて誰にもできない。だからお願いよ」

「……」

「最近、陛下が馨佳殿を訪れていないのは知っているわ。あなたがこれをやり遂げれば、きっと陛下もあなたに感謝して、寵愛も取り戻せるわ。どう？」

冷静に見える蔡妃の仮面の裏には、縋るような感情が見え隠れしている。

皇帝陛下と二人、お忍びで皇都に降りた時に出会った、蔡雨月。陛下は彼のことを、敵でも味方でもない人物だと言った。

その蔡雨月の娘である蔡妃を、私が手放しで信じて頼るわけにはいかない。

もしも再び清翠殿に行くなら、私は命をかけることになる。楊淑妃の除名阻止が必ず約束されているなら安いものだが、蔡妃が約束を守ってくれる保証はない。

（こちらも、蔡妃の弱みを握らないと）

「蔡妃は一体、どういうお立場なのですか？　こんな状況で信じろと言われても、私にはできません」

「……いいわ、私のことを少し話せばいいのね？　そうすれば信じてくれる？」

「それは内容次第です」

「厳しいのね。実は私……蔡家の本当の娘ではなく、血のつながりがない養女なの。私の本当の父は、この後宮で亡くなった」

「……後宮で、お父様が亡くなった？」

朝餉《あさげ》の準備が整ったのか、馨佳殿の殿舎の外からは侍女たちの声が漏れ聞こえる。

蔡妃は怯えたような顔で、牀榻《しんだい》の上で私との距離を詰めた。

（蔡妃のお父様が、後宮で亡くなったですって？　そもそも後宮に入れる男性など、ほんの一握りの人物に限られるわ。皇帝陛下か宦官《かんがん》か、もしくは……）

「……まさか、太医《たいい》？」

「ええ、そうよ。私は十五年前にこの後宮で亡くなった許太医《たいい》の娘です。と言っても、生まれてすぐ秘密裏に後宮から出されたから、一度も父には会ったことがないのだけれど」

「……」

「父は、この後宮で殺された。その証拠を掴みたいの」

「その証拠というのが、清翠殿にあるんですか？」

「ええ、そのはずよ。見られたらまずいものが隠されているから、あそこには呪術が施されているのよね？」

つまり、蔡妃の考えはこうだ。

これまで毒見を頑《かたく》なに拒んでいた陛下が曹妃と食事を共にするようになったということは、曹妃に何か秘密があるのではないか。お茶会に誘って弱い毒を盛ってみたものの、その場に現れた陛下が曹妃を連れ帰ったせいで確信が持てない。

そうだ、金の蝶を探すという名目で、曹妃を清翠殿の側におびき出そう……

そしてまんまと騙《だま》された私が清翠殿の呪術に触れ、それでも死ななかったから蔡妃は私の毒の耐性を見込んで交渉に来たというわけだ。

（もし失敗して私が毒で死んでしまっても構わないと思って……）

全身の血が凍るのではないかと思うほどにゾッとした私に向かって、蔡妃はにっこりと微笑む。

この人を信じて従う筋合いなどない。

しかし、私が清翠殿に行って証拠を見つけてくることができれば、蔡雨月様の協力を得て楊淑妃の除名を阻止できるかもしれない。

「蔡妃のお父様を手にかけたのは誰なんですか？」

「それを知りたいからお願いしているのよ。先日亡くなった宮女《きゅうじょ》は、以前私の母の侍女だったの。母は父が亡くなった数年後にこの世を去ったわ。きっと彼女は、母の遺品を調べようとしてあそこに行ったんだと思うの」

「お母様の遺品が清翠殿に……ということは、蔡妃のお母様は清翠殿の陶美人だということですか？　そして、お父様は許太医《たいい》……？」

「ね？　これだけのことを伝えたのだから、信じてくれるでしょう？」

私の腕に絡みつくように手を這わせ、蔡妃が耳元で囁く。

（後宮妃が太医《たいい》との間に子を……？　そんなことは可能なの？）

以前、子琴から聞いたことがある。清翠殿の陶美人には、子はいなかったはずだ。

もしも陶美人が密かに太医《たいい》との子を授かったのだとして、それを隠し通せるだろうか？　この後宮内に、よほどの力を持った協力者がいなければ不可能だろう。

「これ以上は、言えないわよ。どうする？」

「蔡妃。私が蔡妃のお願いをお受けするには、一つ条件があります」

「あら、あなたまで交換条件を出してくるのね。いいわよ」

「楊淑妃の皇統除名に反対するよう、まず先に蔡雨月様にお伝えください。今この場で手紙を書いて私に預けてくださいますか」

「あなたはその手紙をきちんと父に渡せる？　私が手紙を書いたとして、もしそれが他に漏れたら、私の立場だって危ういのよ」

「それくらいは覚悟なさってください。こっちは命をかけるんです。私だって、蔡妃のことを完全に信じられるわけではありませんから。手紙は今夜のうちに皇帝陛下にお渡しします。それならよろしいですよね？」

「……ええ、分かったわ。紙と筆はあるかしら」

蔡妃はその場で蔡雨月宛の手紙を書き、指で印を押す。

それを入念に折り込んで封をすると、封の外側にも印を押した。

「……あなたがここから清翠殿に着くまで、誰にも見つからないように手配するわ」

「そんなことができるのですか？」

「私は後宮を取り仕切る立場だから大丈夫よ。でも、私の手には負えない人が一人いる」

「皇帝陛下ですね？」

「ええ、陛下のことはあなたがなんとか足止めしてちょうだい。どうやらここ最近、毎晩のように清翠殿を偵察しに行ってらっしゃるようよ。陛下に見つかれば、あなたが清翠殿に入ることを止められるでしょうから」

（そう言えば陛下は、私が清翠殿に呪術が仕掛けられていることを伝える前から、あの場所を訪れていたわ。なぜかしら）

なぜ清翠殿に行ったのかと陛下に尋ねた時に、はぐらかされたことが頭を過《よぎ》る。陛下は陛下で、清翠殿に何かが隠されていることを知っていたのだろうか。

もし私がもう一度清翠殿に入ろうとしていることが陛下に知られたら……きっと陛下は怒って、私を馨佳殿から出さないだろう。

それに、もしも陛下が私を追って清翠殿に入るなんてことがあれば、陛下の命までもを危険に晒すことになる。

（せっかくの楊淑妃の除名阻止が、水の泡になる……）

「蔡妃、承知しました。どちらにしてもこの手紙を陛下にお預けするつもりでしたから、その時になんとか陛下を足止めします」

お願いね、と言い残し、蔡妃は房室《へや》を出た。

しばらく経って子琴たちが食事を持って入ってきたが、蔡妃の訪問には気付いていないようだ。

私は蔡妃から受け取った蔡雨月宛の手紙を、枕の下にそっと隠した。

◇

「子琴、私が目覚めたことを陛下に伝えてほしいの。どうしても渡したいものがあるから馨佳殿にもう一度だけ来てほしいと、言伝《ことづて》してくれないかしら」

陛下が私を突き放して後宮を出るように言ったことを知らなかった子琴は、少々驚いた顔をしながら馨佳殿を出た。

誰もいなくなった房室《へや》の中で、私は蔡妃から受け取った白い包みを取り出す。包みの中に入っている薬草の粉末に軽く小指で触れ、そのまま自分の口に運んだ。

念のため手鏡で額の花鈿《かでん》を確認してみるが、特になんの反応もない。

(――毒は、入ってないわね)

私は棚に置いてあった陛下の酒瓶を手に取った。瓶の蓋を開け、白い包みを傾けてサラサラと薬を流し込む。

蔡妃から受け取ったこの白い包みの中身は、睡眠薬だ。

元々この酒には、よく眠れるように薬を入れてあると陛下が言っていた。その上更にこうして薬を追加するのだ。きっとこれを口にすれば、陛下は一瞬で眠ってしまうだろう。

皇帝陛下に睡眠薬を盛るなど、発覚すれば間違いなく死罪になる行為だ。

(陛下、ごめんなさい。でも、私が清翠殿に行くのを止められては困るから)

陛下は炕《かん》の上で寛ぐのがお気に入りだから、今晩もこちらに座るに違いない。

私も陛下のすぐ隣に座れるように、小卓を少しずらして場所を空けた。そして、睡眠薬を入れた酒瓶を軽く振って小卓の上に置く。

これを陛下に飲ませた瞬間から、私の命をかけた一大勝負が始まる。

玲玉記の世界に生まれ変わり、憧れていた皇帝・青永翔と皇后・鄭玉蘭が恋の駆け引きを繰り広げる舞台、後宮にやってきた。

二人に降りかかる悲劇を阻止して、この物語をハッピーエンドに導くために。

(それなのに、いつの間にか私の目的は変わってしまっていたみたいね)

幼い頃に最愛の母と引き離され、不遇な運命を背負った皇帝陛下。

この馨佳殿で毎晩のように陛下と共に過ごすうちに私は、彼の心の奥に見え隠れする大きな傷の存在を垣間見た。

楊淑妃の無実を証明するために日夜奔走しながらも、陛下は本心ではご自分のことはどうなってもいいと諦めている。

まるで「どうぞ命を狙ってください」とばかりに毒見を拒否し、それを隠しもしない。

自暴自棄という言葉がぴったりの、悲しい生き方だ。

前世で玲玉記を読みながら、陛下のあまりの不憫さに何度も涙したけれど、本物の陛下に対して私が抱いた感情は、それとは全く別物だった。

不憫などという単純な表現では言い表せない。私は陛下のことを、心から愛しいと思い始めている。陛下には誰よりも幸せであってほしいと願っている。

陛下の幸せのためなら、自分の命の危険を冒して呪術の張り巡らされた清翠殿に入ることなど厭わないほどに。

(陛下はやっと玉蘭と出会えたんだもの。今更私が陛下のことを好きになってしまったことに気付いたからと言って、私がやるべきことは変わらない)

私は、今朝枕の下に隠した蔡妃の手紙を取り出した。小卓の上、陛下の酒瓶の隣に手紙を並べる。

そこからどれくらい待っただろうか。

房室《へや》の扉がカタリと音を立てた気がして振り向くと、そこには顔を強張らせた陛下が立っていた。

「明凛、もう会わないと言っただろう。なぜ私を呼んだのだ」

「それでも、来てくださったじゃないですか。大丈夫ですよ、私は陛下の恋路の邪魔をするつもりは毛頭ありませんから」

無理矢理の笑顔を作って立ち上がると、陛下は焦ったように私の肩に手を置いて、もう一度その場に座らせる。

「今朝、目覚めたばかりと聞いた。無理をしては駄目だ。せっかくこうして食事まで準備してもらったところを申し訳ないが、もう其方《そなた》の毒見は不要だ。それよりも、私に渡したいものとは？」

「陛下。それを渡したらさっさと帰ってしまうでしょ？　お食事くらい一緒に食べてください。記念すべき最後のお毒見ということで」

「最後の……か」

「後宮を出たら、私はもうこんな美味しい食事を食べることもないでしょう。また黄家に戻らないといけませんから」

「……すまなかった。ここを出た後も明凛が嫌な思いをしないよう、商儀に色々と手配をさせている」

「分かっています。別にごねているわけではありません。やるべきことが済んだら、ちゃんと後宮を出ていきますよ」

ツンと顎を上げて拗ねた顔をし、私は努めていつも通りに見えるように振る舞った。

陛下が炕《かん》に座って落ち着いたのを見計らって酒瓶に手を伸ばし、底に手を添えて持ち上げる。

「……酒じゃないか」

不機嫌な顔で呟く陛下の横で、私は瓶を傾け盃に酒を注ぐ。

今晩、陛下には必ずこの酒を飲んでもらわなければならない。きっと陛下は拒むだろうが、口にしてもらわねばならない理由がある。

(陛下はただでさえお酒に弱い性質《たち》。強い睡眠薬を入れたから、きっと一口で眠ってしまうわ)

陛下を酒で眠らせて、私はその間に清翠殿に行く。

清翠殿に何が隠されているのかを調べると、蔡妃と約束をしたからだ。

私がその何かを見つけてくれれば、楊淑妃の皇統除名に反対してくれるよう、蔡妃が蔡雨月に頼んでくれることになっている。

(こうして先に蔡妃直筆の手紙も手に入れたのだから、きっと大丈夫。上手くいくはずよ)

私は陛下に拒まれるのを覚悟で、酒の盃を陛下の目の前に差し出した。

陛下は私と目を合わせ、ぎゅっと眉根を寄せて下唇を噛んだ。

「陛下。どうぞ召し上がってください」

「……」

(楊淑妃の除名を阻止したいのです。そうすれば、回り回って陛下の命を救える

から）

訝しげに私を一瞥した陛下は、再び目を逸らしてため息を漏らす。

「……明凛」

しばらくの沈黙の後、陛下は重苦しく口を開く。

「酒は飲まない」

「……いいえ、召し上がってください」

「なぜだ？　今日が最後の夜なんだろう？　私が酒に弱いことを明凛もよく知っているじゃないか」

まさか、最後の日くらいゆっくり語り合おう、なんて思ってくださっているのだろうか。私の方を向き直した陛下の瞳には、うっすらと涙が浮かんでいるようにも見える。

（陛下も、少しは私との別れを寂しいと思ってくださるのね。それだけで嬉しい……）

私も陛下につられて目の奥が熱くなり、一旦盃を小卓に置いた。

そして隣にあった蔡妃の手紙を掴み、陛下の方に向き直る。

「大丈夫です。陛下は愛する人と必ず一緒になれます。私が力になりますから。これを受け取ってください」

「……これは、手紙？」

「これを、蔡雨月様にお渡しください。絶対に陛下の役に立ちます。誰にも見つからないようにきちんと届けてください」

一向に手紙を受け取ろうとしない陛下を見て、私はその手紙を陛下の懐に勢いよく突っ込んだ。そして酒の盃を持ち、思い切り自分の口に呷る。

「……おい！　明凛、酒はやめろ。お前はまだ十八だと言っていたではないか」

口いっぱいに酒を含んだまま、私は陛下の胸に思い切り手を突いて押し倒す。

不意をつかれた陛下は、なす術もなく仰向けに倒れた。

私の長い黒髪の先が、パサリと陛下の頬に流れる。

呆気にとられた顔を見下ろしながら、私は陛下の頬を両手で包み、口移しで酒を飲ませた。

二杯目も、三杯目も、同じように。

陛下は諦めたのか、抵抗せずに酒を飲み下す。

「……明凛」

「陛下。幸せになることを諦めないでください。ご自分を大切になさってください。どこにいても、私は陛下のファンですからね」

「ふぁ……ん……？」

「さあ！　しっかり寝てくださいね。大丈夫、朝になれば子琴が起こしに来てくれますから」

陛下の瞼を手のひらでそっと隠す。すると薬がもう効いたのか、陛下はそのまま目を閉じた。

しばらく待ち、静かにゆっくりと寝息を立て始めた陛下に、四度目の口付けをする。

もう、酒は含んでいないけれど。

（――行こう。清翠殿へ）

牀榻《しんだい》から引っ張ってきた掛布を陛下の体に被せて、私は立ち上がる。

小窓の外を見ると、すっかり夜の帳が下りていた。

「明凛……」

房室《へや》を出ようとした私の後ろで、陛下の寝言が聞こえた。体を横に向け、苦しそうな表情を浮かべている。

「…………琥珀……琥珀じゃないことは、分かってる……」

（琥珀？　陛下、今……琥珀と言った？）

陛下には見えていなかったはずの幽鬼・琥珀様。

二人で皇都に行った時、天燈《ランタン》にも記していたその名前。

陛下から二度も同じ名前を聞くなんて、これは偶然ではなさそうだ。

陛下の心に住む『琥珀』という人の存在が心に引っかかったまま、私は静かに房室《へや》の扉を閉めた。

◇

清翠殿は、後宮の北東の端にある。

馨佳殿を出て人気《ひとけ》のない路を随分と歩いたが、妃嬪《ひひん》たちどころか侍女や宦官《かんがん》の姿も一人も見えない。蔡妃の手配で、後宮内には本格的な外出禁止令が出されたようだ。

月が少し傾く頃、ようやく私は清翠殿に到着した。

私がたった一人で清翠殿に向かうなんて、陛下は考えてもみないだろう。睡眠薬入りの酒を口移しで盛られてしまった陛下は今、馨佳殿でぐっすりと眠っている。

陛下を騙《だま》すようなことをして申し訳ない気持ちはあるけれど、こうでもしないと清翠殿行きを邪魔されていただろう。

清翠殿の中に入ることは、もう止められない。

蔡妃と約束したからでもあるし、呪術を施されるほど必死に隠されている秘密を暴きたいという気持ちもある。

それに何よりも、清翠殿には琥珀様が閉じ込められている。

幽鬼の琥珀様を、この後宮に連れてきたのは私だ。琥珀様を残して私だけが後宮を去ることなど、できるはずがない。

（この世界の語り手《ナレーター》である琥珀様。彼女の正体が一体何者なのか、私も琥珀様本人も知らないまま……）

琥珀様が幽鬼となった原因が清翠殿にあるのだとしたら、それを解消して、琥珀様にはまたこの世に生まれ変わってほしい。自分のことも分からないまま、永遠に幽鬼として彷徨《さまよ》い続けるなんて、あまりにも不幸だ。

静まり返った清翠殿の周りには、虫の声だけがちりちりと響いている。

私はその静寂の中、清翠殿の門の真正面に立った。

蔡妃の話を聞いた後、私も色々と考えていた。

十五年前に亡くなったという許太医《たいい》と、その数年後に亡くなった陶美人。そして、その陶美人の産んだ娘であるという蔡妃。

陶美人は前皇帝陛下の妃でありながら、自分の愛する人の子をひっそりと産んだ。

蔡妃の歳を考えれば、許太医《たいい》が亡くなる四年ほど前には既に蔡妃が生まれていたはずだ。きっと生まれてすぐに、後宮の外に養女に出されたのだろう。

愛する人との娘を奪われて会えなくなった陶美人は、どれだけ娘に会いたいと願ったのだろうか。更に陶美人はその後、娘の父親である許太医《たいい》までも失うこととなったのだ。

血を分けた娘とは引き離され、愛する人に先立たれる。

そんな陶美人は、きっとこの世に大きな心残りや恨みがあったのではないかと思う。

私の勝手な想像だから確信はないけれど、琥珀様の正体は陶美人なのかもしれない。

記憶を失くして自分の名前も分からなくなっている琥珀様。

愛する娘に会いたい気持ち、愛する許太医《たいい》の命を奪った者を恨む気持ち。そのために、この世にしがみついたのだろう。

清翠殿には恐らく、許太医《たいい》の死の真相が隠されている。

(琥珀様が陶美人だったとして、なぜご自分のことを『琥珀』と名乗っているのかは謎ね。それに、陛下が寝言で口にした『琥珀』という名のことも……)

皇太后が流産した際に診察した許太医《たいい》が殺されたのはなぜだろうか。太医《たいい》が誰かの秘密を握っていて、口封じのために殺されたと考えれば繋がる気がする。

例えば、皇太后が楊淑妃に後ろから押されて流産したというのは、皇太后が許太医《たいい》を利用してでっちあげた嘘だった……とか。

(もしも皇太后の嘘が証明できれば、楊淑妃の冤罪は晴れる。それに皇太后の信用だって地に落ちるわ。簡単に陛下に手を出すことなどできなくなるはずよ)

やはり私は、清翠殿に入らなければならない。

気持ちを固め、もう一度清翠殿の門に向かってキッと睨みつける。

門の向こうには、先日見たのと同じ幽鬼の燐火《りんか》がゆらゆらと揺れていた。

（——いたわ！）

私が来るのを待ち構えていたように、荒れた殿舎の中の木の下に、青白い影が蠢《うごめ》いた。そしてその影は、私の方にまっすぐに振り返った。

◆

「……陛下」

「……」

「皇帝陛下！　起きてください……！　お願いします！」

「…………うっ……」

「失礼なことは重々承知しておりますが、申し訳ありません！　ごめんなさい！」

遥か向こうで誰かの声が聞こえた。

徐々に意識を取り戻し、私が目を開こうとした瞬間。

バシャッ！

「……うわぁあっ！　なんだ⁉　また川に落ちたのか⁉」

顔面に勢いよく水をかけられ、私は焦って飛び起きた。

すぐ側には、明凛の侍女の子琴がいた。水の滴《したた》る桶を抱えたまま、私の横で泣きそうな顔をしている。

「陛下！　目を覚まされたのですね！　水をかけたのは私ですぅっ！　本当に本当に申し訳ありません！」

桶をその辺にぶん投げて、侍女は床に額をガンガンとぶつけながら謝っている。どうやら、眠った私を起こすために桶で水をかけたらしい。

濡れた顔に張り付いた髪をかき上げながら、なぜこんな状況になっているのか必死で記憶を呼び起こした。

（そうだ、手紙……！）

懐に手をやると、先ほど明凛が突っ込んだ手紙がまだそこにあった。急いで取り出してみるが、幸いほとんど濡れてはいない。差出人の名前も滲《にじ》むことなくはっきりと読める。

「蔡妃から蔡雨月宛だと……？　どういうことだ。明凛には、蔡妃には近寄るなと言っておいたはずだ。子琴、明凛はどこへ？」

「明凛様は、お一人で清翠殿に行かれました」

「なんだと？　清翠殿は危険だと分かったばかりじゃないか！　なぜだ？」

清翠殿の周りには、呪術が施されていると聞いた。

明凜はその呪術による毒が原因で倒れ、それを浄化するのに七日も眠り続けたのだ。明凜が毒を受けて花鈿《かでん》で浄化したことで、清翠殿の呪術も多少は弱まったかもしれない。しかし、命を落とすほどの危険があることには変わりがない。

「なぜ明凜様が清翠殿に向かわれたのか、私にも分からないのです。ついてくるなと言われたのですが、どうしても気になって、実はこっそり後を追いました。でも明凜様のお姿はどこにもなくて。もしかしたら、中に入っていかれたのかもしれないと思って……」

「清翠殿の中へ⁉」

「それも分からないんです。私もあそこには近付けず、それで助けを呼ぼうと戻ってきたのですが、後宮には誰も人がいなくて……」

子琴は相当混乱している様子で、説明もおぼつかない。

酒のせいなのか、なぜかズキズキと左のこめかみと左腕が痛む。しかし、そんなことを言っている場合ではない。私は痛みを振り払うように立ち上がり、房室《へや》を飛び出した。

（あっ、そうだ！　手紙を……！）

ふと手紙の存在を思い出し、子琴の元に走って戻る。

「子琴！　すまない、今すぐ商儀に渡してほしいものがある」

「この佩玉《はいぎょく》と手紙を持っていけ。それがあれば、私からの指示だと分かるだろう。手紙は青龍殿の私の長床几《ながづくえ》に厳重にしまっておくように言ってくれ」

「えっ⁉　商儀様に……？」

「そっ、そんな一度にたくさんのご指示を……！　全部覚えられるかな……と、とりあえず分かりました、ちゃんと覚えて行って参ります！」

少々頼りないが、今は子琴に頼むしかない。

私は佩玉《はいぎょく》と手紙を子琴に押し付けると、もう一度清翠殿に向かって走り始めた。

（明凛、何をする気だ……！）

幼い頃、母を病で亡くした。

私の存在がなければ、母は皇太后に目を付けられることもなかった。冤罪をかけられ、皇帝の寵愛を失い、独り殿舎に閉じ込められて寂しい死を迎えずに済んだはずだ。

その上私は、恩人である曹侯遠の娘である曹琥珀も死なせてしまった。私が軽々しく祭りに行こうなどと誘わなければ、琥珀が私を庇《かば》って犠牲になることもなかった。

自分のために大切な人を失うのはもうまっぴらで、誰かを犠牲にするくらいなら自分が死んでしまっても構わないと思っていた。

毒見を拒み、いつ死んでもいいように他人との関わりも極力避けた。

皇帝の血に代々引き継がれるという青龍の力が未だに出現していないのも、そんな私を青龍が見放したからだろう。青龍にも認められない自分が、皇帝たるに値する人間だとも思えなかった。

（明凜のことも、ここまで巻き込むつもりはなかったのに――）

曹侯遠を官職に戻すため、彼女を利用させてもらおうと思っていた。

しかし彼女の花鈿《かでん》に癒され、自分を大切にするようにと何度も諭されるうちに、私もまだ生きていていいのかもしれないと思えるようになった。

私の心を変えてくれた彼女を大切にしたい。だが、彼女を後宮に置いていては危険なことに巻き込んでしまう。そうなる前に彼女を手放さなければと思った。

そうして私がもたもたしている間に、明凜も清翠殿に何かが隠されていると気が付いてしまい、皇太后の呪術で命を落としかけた。

（明凜を守るために突き放したのに、まさか私を眠らせて勝手に一人で清翠殿に行くとは……！）

明凜に何度も酒を飲まされたせいか、先ほどから左半身が妙に痛む。熱を帯びて熱くなった左腕を押さえて走り続けたが、途中でどうにもならず蹲《うずくま》った。

背中がむず痒い。体の中から、何か熱いものが込み上げる。

そして、その力が全て左腕に集まっていくような不思議な感覚に襲われた。

夜の後宮にはしとしとと雨が降り始め、遠くでは雷も鳴っている。

夜空には気味の悪い雲が蠢《うごめ》いていた。

◇

清翠殿の門の向こう側。

まるで私が来るのを待ち構えていたかのように、幽鬼・琥珀様の周りの青白い焔はどんどんかさを増していく。

そしてそれにつられるように、殿舎の周りの石塀に沿って青い線が浮き上がった。

前回来た時と同じ、呪術による青い線だ。

私が毒を吸収し、額の花鈿《かでん》で七日もかけて浄化したからか、以前よりも光が弱まっているように見える。

(当然よね。こっちは生死を彷徨《さまよ》うほどの辛い思いをしたんだから。でもいくら呪術が弱まったと言っても、あの光をまともに浴びてしまえば長時間は持たない)

毒を多く取り込まないためにも、あの線の上は一瞬で通り抜けなければならない。

私は覚悟を決めて、門の方に向かって一歩ずつ慎重に近付いた。

青い線の近くまで来ると、額の花鈿《かでん》から急激に痺《しび》れと痛みが体に伝わっていくのが分かる。

しかし躊躇《ちゅうちょ》していても仕方がない。呪術の力が弱まっている今が好機だ。

私は意を決し、襦裙《じゅくん》を両手でたくし上げると全速力で線の上を駆けて飛んだ。

「……っぐ……！」

線の上を飛び越えた一瞬、足の先から頭の先までまるで雷に打たれたのではないかと思うほどの衝撃が走る。

最後は額を撃ち抜かれたような感覚に陥り、熱くなった額を押さえてその場に倒れ込んだ。

（……なんとか、呪術の線は越えられた？　……次は、殿舎の中に入らなくちゃ）

息を切らせ、蜘蛛《くも》の巣を払い、瓦礫を避けるようにして地面を這って進む。

木の側に佇む琥珀様は私の存在に気が付いて、ゆっくりとこちらを振り向いた。

赤く光る目が不気味だ。琥珀様の体は青白い炎と一体化して、夜空に向かってゆらゆらと伸びたり縮んだりしている。

「琥珀様！」

『……？　あなたは誰？』

静寂の中、聞き慣れた琥珀様の声とは違う、低い声が響いた。

幽鬼は本来、生前の記憶を持ち合わせていない。なぜか『琥珀』という名前だけを過去の記憶として口にするけれど、きっと彼女は琥珀という名ではなく、ここ清翠殿の主である陶美人だ。

記憶を失くし、幽鬼に姿を変えてまでも、この清翠殿に現れたのが何よりの証拠。ここに、彼女が思い残した何かが隠されているはずだ。

「陶美人、ちょっと待っていてくださいね！　私、ちゃんと陶美人の心残りを探してきますから！」

息苦しさと額の熱に耐えながら、私はボロボロになった清翠殿の中に足を踏み入れた。

絶対にここで陶美人の心残りを見つける。それがあれば陶美人だって生まれ変われるかもしれない。そして同時に楊淑妃の除名も阻止して、陛下のことも助けられるかもしれない。

清翠殿の中までは、陶美人から発せられる青い燐火《りんか》の光は届いていない。闇に包まれた殿舎の中、朽ち果てた床の上を慎重に奥に進んでいく。

途中、玻璃《はり》の破片が床に散らばった場所があった。天井を見上げると、そこには円《まる》窓《まど》のような枠があって、そこから夜空が見えている。

そこから差し込む月光を頼りに、私は辺りを見渡してみた。

外の木々の葉がざわざわとこすれる音が、私の恐怖心を煽る。

（怖い……けど、そんなことを言っている場合じゃない。早く探さなきゃ。もしも大切なものを人に見つからないように隠すとすれば、どこに置くかしら？）

簞笥のような木の塊の側に寄り、残っていた引き出しをガタガタと順に開けてみる。

中を覗き込んでみるが、入っていたのは古い書物や化粧道具などで、これと言った目ぼしいものは見つからない。

時々激しい頭痛の波が襲うので、私はその場でよろめいて座り込んだ。

（早く終わらせなきゃ。体が持たないわ）

なんとか起き上がり、隣の房室《へや》に入った。敷居を越え、房室《へや》の中央らしき場所まで来ると、その房屋《へや》には崩れた屋根の隙間から少しだけ、幽鬼の青い光が差し込んでいる。

「もしかして、ここを探せっていうことなの？　陶美人」

光が当たっている部分の床に触れるために、私はその手前でしゃがもうと足を踏み込んだ。

すると、私の体重がかかったからか、メキメキという音と共に突然視界がぐらっと揺れる。

「きゃあぁっ‼」

朽ち果てた木の床が割れ、私の右足は床に開いた穴にズボッとはまった。折れた木の板の棘が邪魔になって、足を引き上げることも床下に下りることもできない。

（やってしまったわ。これ、右足はもう無理ね）

床下の暗闇の中で、右足の傷から血が滴《したた》り落ちていくのを感じる。

私が立てた大きな音に驚いたのか、外にいた陶美人が少しずつ殿舎に近付いてきているようだ。先ほどまでうっすらと差し込んでいた陶美人から発せられる青白い光は、みるみる強くなっていく。

（早く……早く、ここから抜けなきゃ！）

右足の回りを囲む割れた床板を外せないかと試行錯誤していると、床下にぶら下がった右足がコツンと何か硬いものにぶつかった。穴の隙間から床下を覗くと、月明かりと陶美人の光を受けて、螺鈿《らでん》のような模様が輝いている。

（螺鈿《らでん》の小箱？）

板の割れ目から、恐る恐る床下に手を伸ばしてみる。右手を木のささくれが引っ掻いて、右足だけでなく右手も大怪我をしそうだ。

あともう少しで小箱に手が届くと思ったその時、すぐ側の屋根から瓦礫がボロボロと崩れ落ちた。そしてその屋根の穴からは、ぬうっと陶美人が顔を覗かせる。

『あなた、見つけてくれたのね？』

陶美人が私に赤い瞳を向ける。

「陶美人！　これがあなたの探していたものですか？　この小箱の中に、あなたの思

『……私は誰なの？　陶美人なの？　琥珀じゃないの？』』

陶美人の低く落ち着いた声と、琥珀様の天真爛漫な明るい声が入り混じる。

私は木の棘が手足に刺さるのを我慢して、一気に床下から小箱を引き上げた。

「陶美人！　この箱に見覚えがありませんか⁉」

『……その箱を私に返してちょうだい。大切なものなの』

屋根に噛りつき、殿舎の中にいる私を見下ろす陶美人の顔が、少しずつ膨らんで崩れていく。

血の滴《したた》る右手と右足を引きずりながら、私はなんとか房屋《へや》の隅まで転がった。陶美人の視界に入らない位置で、急いで螺鈿《らでん》の小箱の蓋に手をかける。

箱の中から出てきたのは、診察記録。

私の前世で言う、病院のカルテのようなものだった。

日付は十五年前のものになっている。紙が破れないようにそっとめくりながら、誰の診察記録なのか名前を探した。

「これは……楊淑妃の診察記録だわ。なぜこんなものが清翠殿の床下に？」

ここは楊淑妃のものではなく、陶美人の住まいだったはずだ。

『盗らないで。それは私の大切なものよ』

「大丈夫、盗んだりしません！　ちゃんと読み解きますから！」

恐ろしい幽鬼の姿に変わってしまった陶美人に怯えながら、私は慎重に紙をめくる。

そこには、許太医《たいい》が診察した時の楊淑妃の病状が記されていた。

「楊淑妃の体の麻痺が進行、右半身が特に病状が重く、右腕と右手は動かない……」

楊淑妃が病を患っていたことは知っていたが、体に麻痺が起こるような病気だとは知らなかった。

半身が麻痺するということは、前世で言う脳梗塞の類だったのかもしれない。

いずれにしても楊淑妃の診察記録がこの場所にあるのは不可思議だし、亡くなった宮女《きゅうじょ》や蔡妃がわざわざ危険を冒してまで手に入れたかったものとは思えない。

「これが何かの証拠になるのかしら」

『それを返して！』

「琥珀様、いいえ陶美人。少しお待ちください！　考えますから！」

伸びてくる幽鬼の細長い腕から逃げるように、私はもう一度房室《へや》の反対側の隅に這って逃げた。まだ抜けきっていない毒のせいで、額の花鈿《かでん》が燃えるように熱い。傷だらけの右足も思うように動かせない。

再び幽鬼の死角に入ると、私はもう一度診察記録を取り出した。

これはいつのものなのだろうかと、もう一度日付を確認する。

「青龍暦の九七七年、三月一日の早朝。十五年前の三月一日ってなんの日？」

『――それを返せ！』

ついに殿舎の屋根が大きく崩れ、幽鬼が青い焔と共に房屋《へや》の中に降りてきた。

なかなか小箱を渡さない私に怒った幽鬼の焔は、目が開けられないほどに眩しく燃え上がる。焔を背負った幽鬼の両腕が、蛇のようにくねりながら私にぬっと伸びた。

「きゃあぁっ！　陶美人、やめて……！」

私が頭を抱えてうずくまったその時。

月明かりが何かに遮られ、動物の雄叫びのような声がその場に轟いた。

(屋根の上に、何かいるの……!?)

恐る恐る片目を開いて雄叫びの主を確認すると、屋根に開いた穴から見えたのは、夜空を飛ぶ巨大な青龍だった。

「――明凛！」

青龍に気を取られている幽鬼と私の背後から、私の名を呼ぶ声がする。

その声と共に殿舎に飛び込んできたのは、先ほど私が馨佳殿で眠らせたはずの人だった。

「明凛！　無事か！」

「え？　陛下!?」

陛下は床にうずくまる私の足の怪我に気が付くと、ご自分の上衣の袖を引き裂いて私の右足に巻き始める。

「ちょっ、陛下！」

今は私の怪我の治療なんてどうでもいい。そんなことをしている場合ではないのだ。

「どうしてここに？　清翠殿の周りに呪術が施されていたはずです。毒が体に回る前に早く私の花鈿《かでん》に触れてください！」

陛下の両頬に手を伸ばし、私の額に陛下の顔を引き寄せようと力を入れた。しかし陛下は私の両手首を掴むと、首を横に振る。

「明凛、大丈夫だ。あの青龍を見ただろう？　私にもようやく、青龍国皇帝に代々引き継がれる力が出現したようだ」

「どういうことです？　あの青龍は、まさか陛下が⁉」

「そうだ。青龍の背に乗って清翠殿の上から入ったから、あの呪術には触れていない。毒のことも気にしなくていい」

「……青龍に乗ったんですか⁉　そんなことができるのですか？」

先ほど屋根の間から見えた青龍は、天を旋回しながら時折雄叫びを上げている。あの巨大な青龍に乗って、呪術を飛び越えてきたなんて。

（すごい……！　玲玉記にもそんな場面《シーン》、なかったよ！）

私は目の前で起こっている事態がよく呑み込めないまま、幽鬼の方に目をやった。

青龍の雄叫びを聞く度に青白い焔はみるみる小さくなり、幽鬼は再び元の姿に戻っていく。

陛下は怪我で動けなくなった私を抱き上げると、幽鬼を睨みつけた。

一方の幽鬼は怯えたように目を大きく見開き、プルプルと震えながら陛下に一礼をする。

『青龍国の皇帝陛下にご挨拶申し上げます』

幽鬼の震える声が響いた。

「どういうこと？　さっきまであんなに怖い姿をして私を襲おうとしていたのに……」

陛下の腕に抱き上げられたままオロオロとする私の前で、幽鬼は跪いたまま顔を上げた。その姿を見た陛下は幽鬼に向かって小さく頷く。

陛下の前では、幽鬼はまるで蛇に睨まれた蛙。

先ほどの勢いとは打って変わって、陛下に対する恐怖心すら見え隠れする。

上衣をぎゅっと握ったことに気が付いたのか、陛下は私の方に向かって微笑んだ。

陛下の腕に抱き上げられているので、私たちの顔はとても近い。

「明凛、聞いたことはあるか。昔から、四龍を統《す》べる青龍帝の前では人や自然、幽鬼までもが服従すると言われている。私にもその青龍の力が発現したから、こうして幽鬼の力も抑えられたのだろう」

いつもは自暴自棄で自信のなさそうな瞳をしていた陛下が、今は凛として威厳に満ちた姿で立っている。一瞬のうちに幽鬼を従え、おまけにあんな立派な青龍までも操っている。

まさか陛下のこんな立派なお姿を間近で見られるとは……と、私は嬉しさのあまり涙ぐんでいた。

「明凛、なぜいつも突然泣くのだ」

「いいえ、ただ嬉しくて……」

「泣かなくていい。本来ならば青龍の力は、もっと幼い頃に発現するものだ。私がいつまでも過去に縛られている姿を、青龍もずっと嘲《あざけ》っていたに違いない」

私のすぐ目の前で、陛下の唇が堂々と言葉を紡ぐ。

(陛下の心を救う鄭玉蘭が現れたからなのかしら……とにかく、陛下はこうして立ち直った。この強さがあれば、楊淑妃の除名を阻止することも叶いそうな気がする)

これまでの緊張が一気に解け、私の顔も緩む。

陛下の顔を見上げながら、ふと、つい数刻前に私が口付けた陛下の唇がすぐ目の前にあることに改めて気付く。

恥ずかしくて陛下と目を合わせづらくなり、私は首に回していた両腕に力を込めて、陛下の胸に顔を埋めた。

（いやいや、今更照れている場合じゃないし！　それよりも、先ほどの診察記録を陛下に渡さなきゃ）

「……陛下、お見せしたいものがあるんです。一度降ろしていただけますか」

私は床に座ると、先ほどの診察記録を取り出した。そして、日付の書いてある面を陛下に向けて手渡す。

「青龍暦の九七七年、三月一日ってなんの日だかお分かりですか？　これは、その日に許太医《たいい》が楊淑妃の病を診た記録なんです」

「十五年前の三月一日と言えば……私の立太子の儀が行われた日だ」

「ということは、皇太后陛下が楊淑妃に階段から突き落とされたという……あの日ですね？」

私の手から記録を受け取った陛下は、真剣な顔で紙をめくっていく。

琥珀様が発する青白い光の下で全てを読み終えると、陛下は一度項垂れて考え込んだ。

そして、隣にいた私を突然抱き寄せて耳元で言う。

「明凜、ありがとう。これをよく探してくれた」

「何かに役立ちそうでしょうか？」

「ああ、この記録が全てを解決してくれるはずだ。皇太后が呪術を使ってまで清翠殿を隠したかった理由も分かった。この記録を陶美人がどこに隠したのかが分からなくて、やむを得ず清翠殿全体を呪術で囲ったのだろうな」

「そうですか……でも蔡妃はなぜ、その記録がほしかったのでしょう？　元々私がここに来たのは、その記録を探すように蔡妃に頼まれたからなのです」

陛下は私から体を離し、なにかに気付いたような顔をした。

「明凛が蔡妃の手紙を持っていた理由はこれか。蔡雨月宛の手紙を書く代わりに、清翠殿に入ってこれを取ってくるように蔡妃に言われたんだな？」

「はい、そうなんです」

蔡妃が、実は蔡雨月様の養女だったこと。そして、本当の両親は許太医《たいい》と陶美人だったこと。

蔡妃には申し訳ないけれど、楊淑妃を救うためには致し方ない。私は陛下に全てを伝えた。

陛下は私の話を聞き終えると、「分かった」と言って陶美人の方に向き直る。

「其方《そなた》は陶美人だな。幽鬼の姿になってまで、この記録を守ってくれてありがとう」

『青龍国の皇帝陛下、私は陶美人という名なのですか』

「そうか……幽鬼は記憶がないから、自分の名も分からないのだな。其方《そなた》の本当の名は陶蓮花《れんか》という」

『陶蓮花……それが私の本当の名前？　皇帝陛下、ありがとうございます』

「安心してくれ、許太医《たいい》の無念は私が必ず晴らす。少し時間はかかるかもしれないが約束は必ず守る。だから其方《そなた》は生まれ変わって、もう一度……」

陶美人に生まれ変わるように命じた陛下の言葉に、私はハッとあることを思い出す。

許太医《たいい》の無念を晴らしても、きっと陶美人は生まれ変わることができない。

彼女にはもう一つ心残りがあるのだ。

そちらも解消しないことには、陶美人は再び幽鬼となってこの世を彷徨《さまよ》うことになってしまうだろう。

「お待ちください、陛下！　陶美人に会わせたい方がいるのです！」

私が怪我した足を引きずりながら陶美人に近付くと、陛下が私の腰を支えて立たせてくれる。

『私に会わせたい人とは、誰のこと？』

「あなたの心残りはこの診察記録だけではないはずです。愛する許太医《たいい》の残したものを守りたいという気持ちがあなたを幽鬼にさせたのかもしれません。でも、あなたにはもう一人、大切な人がいるでしょう？」

夜明けが近付いたのか、青龍が泳ぐ夜空の向こう側が少しずつ白み始めている。

陛下が私を再び抱き上げ、私たちは揃って殿舎の外に出た。陶美人の幽鬼も私たちに続き、清翠殿の門の前までやってくる。

清翠殿の門の向こう側には、一人の女性が立っていた。

頭から披帛《ひはく》を被っていて顔はよく見えないが、侍女も付けずにたった一人、少し離れた場所で不安そうにこちらを見ている。

今晩、後宮内には外出禁止令が出ていて、人影はなかったはずだ。

私が清翠殿に向かうところを誰にも見られないように、蔡妃が裏で手を回していたから。

(だから、あそこにいる方は蔡妃に違いないわ。きっと私が上手く証拠を取ってこられるか気になって、ここまで見に来たのよ)

清翠殿の呪術に触れないようにするには、これ以上は近付けない。

陶美人はここから実の娘の姿が見えるだろうか。

「陶美人。私と一緒に後宮に来ていただいてから、何度か顔を合わせていらっしゃると思いますが……あの方があなたの娘、蔡蓮房様です。どうか思い出してください」

『娘？　私の？』

陶美人は驚いた様子で、蔡妃の姿を見つめている。

幽鬼の姿は、とり憑《つ》かれた人間以外には見ることができない。青龍帝の血を継ぐ陛下には幽鬼が見えるようになったようだが、普通の人間には無理だ。

蔡妃にも、陶美人の姿は見えていないはずである。

『私は誰なの？　なぜ幽鬼になったの？』

「陶美人、あなたはこの後宮で許陽秀様という太医《たいい》と出会い、愛し合いました。しかしあなたは前帝の妃。許太医《たいい》との関係は許されざるものでした。だから許太医《たいい》との間に生まれた命を守るため、娘の蓮房様を密かに後宮の外に逃がしたのですよね」

少しずつ記憶を取り戻しつつあるのか、動揺した陶美人の青白い焔が大きく揺れる。

私は門の向こうにいる蔡妃に向かって叫んだ。

「蔡妃！　こちらに向かってお顔を見せてくださいませんか！」

蔡妃は私の声を聞き、こちらに向かって一歩踏み出す。そして恐る恐る披帛《ひはく》を頭から外して顔を上げた。

昇り始めたばかりの太陽の光が、蔡妃の姿を照らす。私のいる場所からも彼女の顔はハッキリと見えた。

「陶美人、さあ。蔡蓮房様です」

「あの子が私の娘……！」

頭を抱え、陶美人は苦悶の表情を浮かべる。

側にいた陛下はそれを見て、空を旋回していた青龍に向かって手を伸ばす。すると、青龍はゆっくりと陶美人の元に舞い降りてきた。

陶美人を青い光ごと抱きかかえるように、青龍はその体でぐるりと彼女をを囲う。

しばらくすると陶美人が発していた燐火《りんか》はすっかり消え去り、向こう側が透けて見えるほど体の色が薄くなっていった。

「陶美人、待ってください！　消えないで！」

「明凛、大丈夫だ。きっと彼女は青龍の力を借りて過去の記憶を思い出したんだろう。ほら、見て」

陛下が私の両肩に手を置いて、陶美人の顔を見た。

青龍が陶美人から離れると、陶美人の目からは大粒の涙がポロポロとこぼれ落ちていた。

『——ありがとう、ありがとう。娘に会わせてくれてありがとう』

「……っ！　陶美人！」

陶美人は涙を袖で拭きながら、清翠殿の門までふんわりと飛んだ。

『私の娘は、蓮房という名なのね。こんなに大きくなって……』

もう体のほとんどが消えてしまい、上半身だけがうっすら見えるような状態で、陶美人は私に振り返る。風に乗ってゆらゆらとこちらに戻ってくる姿は、まるで空に消えていく煙のようだ。

『明凛、本当にありがとう。これでもう心残りはないわ。娘に、必ず幸せになるようにと伝えて。それと……私がこの世から消えてしまう前に、私があなたから奪ったものを返すわね』

「え？　私から奪ったもの？　陶美人、それはどういう……」

陶美人はその白い煙のような手で、私の額の花鈿《かでん》にそっと触れる。そしてそのまま本当の煙のように空に姿を消した。

白い煙は渦を巻いて、青龍と共に空に昇っていく。

「陶美人、きっと生まれ変われますよね」

「そうだな。許太医《たいい》の残したこの記録も、こうして白日の下に晒されることとなった。そして実の娘の姿も見ることができた。もう思い残すことはないだろう」

陛下は、空を見上げている私をもう一度抱き上げる。

驚いて小さく悲鳴を上げた私は、陛下に抱きかかえられているところを蔡妃に見られていることが恥ずかしくて、陛下の腕の中でバタバタと暴れた。

「明凛、ちょっと落ち着いてくれ」

「恥ずかしいから自分で歩きます！　それに、あの呪術はどうやって越えるんです？　いくら私の花鈿《かでん》で大分毒を浄化できたとは言え、陛下が丸腰であの線に触れたら……」

「いや、ちょっと待て、明凛」

騒ぐ私の言葉を遮り、陛下は私の額をじっと見た。

清翠殿の門の手前で立ち尽くしたまま呆然とした顔で呟く。

「額の花鈿《かでん》が、消えている」

第六章　記憶

青龍の背に乗って清翠殿に入ったと言う陛下も、まだ自分の意のままに青龍を操れるほどの力はないらしい。

それから何度も青龍を呼ぼうとしてみたけれど、無駄だった。

しかも、頼みの綱である私の額の花鈿《かでん》はすっかり消えてしまっている。

どうやって呪術を回避しようかと困った私たちは、一か八かで清翠殿の門をくぐってみることにした。この場所は私が二度も毒を取り込んで浄化したから、死に至るほどの強い毒はもう残っていないだろうと踏んだのだ。

万が一のために蔡妃に解毒薬を持ってきてもらい、私たちは思い切って清翠殿を出た。

毒にやられて意識が朦朧とする中、私たち二人は蔡妃の手を借りながら辛うじて馨佳殿までたどり着くことができた。泣きながら出迎えてくれた子琴の手助けで房室《へや》に入り、そのまま並んで牀榻《しんだい》に倒れ込む。

陛下は青ざめた顔で、清翠殿で見つけた診察記録を取り出して蔡妃に見せた。

「蔡妃、これが其方《そなた》の探していたものだろう。十五年前に許太医《たいい》が記したものだ」

「……はい、ありがとうございます」

蔡妃はその診察記録を手にすると、食い入るように読み進める。

そして、初めて目にする父親の直筆に感極まって、その紙を胸に当てて涙した。

先ほど陶美人が幽鬼になってまでこの証拠を守ったという話を伝えたからか、蔡妃の涙腺は緩みっぱなしだ。

この診察記録があれば全て解決すると、陛下は仰った。

単なる診療記録が、一体どのように役に立つのだろう。私は横になった状態で、意識を手放すまいと必死で目を開ける。

「青龍暦九七七年、三月一日。書かれた時刻を見れば、その日の早朝に太医《たいい》が母を診たことが分かる。母は右半身が麻痺する病にかかっていて、その日には既に右手を動かすことすらままならなかったそうだ」

(脳梗塞かもしれないって、清翠殿でその記録を見つけた時に思ったものね)

私は陛下の次の言葉を待った。

「立太子の儀では、母を始め妃嬪《ひひん》たちは左手に天燈《ランタン》を持つことになっている。左手が塞がっている母が右手も使えなかったということは――」

「楊淑妃が皇太后陛下を後ろから突き落とすなんてことができるはずがありませ

んね」

蔡妃は顔を上げ、診察記録を陛下に差し出す。

陛下はそれを受け取ると、毒のせいで半分意識を失いかけている私の額にかかった髪を撫でた。

「そうだ、母が皇太后を突き落とせるはずがない。母は無実だ。許太医《たいい》のおかげで母の無実が証明できる。本当にありがとう……」

診察記録を改ざんされないよう陶美人に預けた許太医《たいい》、幽鬼になってまでそれを守り抜いた陶美人。

そして、命の危険を冒してそれを取りに清翠殿に入った私に対しても、陛下はずっとお礼を言いながら泣いていた。

花鈿《かでん》を失った私は、もう陛下の傷を癒すことはできない。せめて気持ちだけでも伝わるようにと、私は頬に当てられた陛下の手をそっと握り返した。

「陛下、本当に良かったです。これで楊淑妃の無実は証明できますし、蔡雨月様がお口添えをしてくだされば、除名は必ず阻止できるでしょう。蔡妃も、本当にありがとうございました」

「……私は、お礼を言われるようなことはしていません。むしろ、明凛を危険に晒したのは私ですから」

凛とした顔で話す蔡妃と、幽鬼の陶美人の面影が、私の頭の中で重なる。

(口元の黒子《ほくろ》や、涼しい目元がそっくりだわ。なぜ二人が親子だと気が付かなかったのかしら)

そう言えば、清翠殿で陶美人に言われた「奪ったものを返します」という言葉は、一体どういう意味だったのだろう。そして、陶美人はなぜご自分のことをずっと『琥珀』と名乗っていたのだろう。

そんなことを考え始めると、花鈿《かでん》があったはずの額がしくしくと痛み、私は力尽きて目を閉じた。

意識の向こうで、陛下と蔡妃の会話が続く。

「蔡妃。其方《そなた》が明凛に毒を盛った罪は消えない。今回のことを公《おおやけ》にすれば、許太医《たいい》と陶美人の関係を疑う者も出てくるだろう。いずれにしても其方《そなた》はこのまま後宮にはいられない」

「分かっております。それでも母に会わせてくださって、そして父の最期の願いを聞き届けてくださって……私は感謝しています」

扉がギイと音を立てた。蔡妃が房室《へや》から出て行ったのだろう。

「明凛、ゆっくり休め」

陛下が私の耳元で、低い声で囁く。

「はい、陛下も必ずちゃんと眠ってくださいね……」

私は何かに強く吸い寄せられるように、深い眠りに落ちた。

◇

——琥珀！
——目を覚ましてくれ、琥珀！
懐かしい人の声が聞こえる。
子どもの頃から聞き慣れた、太くて温かい声だ。
——琥珀！
でも、その声が呼んでいるのは私の名前ではない。
私の名前は黄明凛で、琥珀というのは私じゃない。
どうしてみんな、琥珀という名を口にするのだろう。
私にとり憑《つ》いた幽鬼も、酒を飲んで眠った陛下も、皆がその名を口にする。
「……琥珀って誰？」
目を開けて、その人に問うてみる。
私の顔を覗き込むのは、二人の大人の男性。

周りには小雨が降っていて、側にあるしだれ柳が重たく風に揺れている。

「琥珀！　目を覚ましたか！」

雨を避けることもなく、頭からびしょ濡れになっているその男の人は、私を膝の上で抱きかかえて泣いていた。

（ん？　私、この人の膝に乗っている……？　なんだか自分の体の大きさがおかしい気がするのだけど）

周りを見渡してみると、どうやらここは青龍川のほとりのようだ。

自分の体に違和感を覚えて身を捩《よじ》った瞬間、背中と額に激痛が走った。

「いたいっ……！」

あまりの痛みに、思わず額を押さえようと両手を上げる。しかし私の視界に入った自分の手は、まるで子どものように小さい。

（……あ、なるほど。これは私が子どもの頃の夢なんだ）

夢の中のくせに、痛みだけはやけに現実的だ。なんだか損をした気分になって、私は唇を尖らせた。

「無理をするな。痛みはすぐにおさまる。お前は自分の名が分かるか？　それに、父のことは？」

「……お名前、わかんない。おじさん誰？」

体が子どもなら、口を衝いて出てくる言葉も子どもじみている。

目の前にいる男の人は私の返事を聞くと、嗚咽し始めた。体をぎゅっと抱き締められて、背中の傷がぴりっと痛んだ。

そんなに大げさに泣かれても、私にはどうすることもできない。知らないものは知らないのだ。

嗚咽する男の人の肩に、もう一人の男がそっと手を置いた。背中をさすり、何やらぶつぶつと二人で相談をしている。

ようやく話がついたのか、慰めていた方の男が私に微笑んだ。

「君は自分の名前が分からないんだね。それなら、君に新しい名前をあげよう。明凛というのはどうかな。これからは私の娘として、黄家で暮らそう」

「明凛？　うん！　私、明凛っていう名前がいい！」

やっと自分の名前を呼んでくれる人がいたというのに、なぜだか胸の奥がむず痒い。

（私は明凛？　それとも、琥珀なの？）

「さあ、曹先生。私が責任を持って代わりに育てます。命が助かったのですから、泣かないでください。早く戻って治療をしましょう」

「背中がいたい。あと、おでこもすごくいたい」

「そうだね。幽鬼が明凛に少し悪さをしたんだ。でも、じきに治るよ」

「幽鬼が悪いことをしたの？」

「そうだね。明凛の命を助ける代わりに、少し悪いことをしたんだよ。でも大丈夫」

曹先生と呼ばれた男の人が、私の体を起こして背中におぶった。自分の体重を曹先生の背中に預け、私はふと遠くの方に目を向ける。

すると小雨の降る向こう側、遠くの柳の木の下に、幽鬼が佇んでいるのが見えた。

（あ、琥珀様……じゃない、陶美人）

こちらに手を振る陶美人を見た瞬間、私の頭の中に一気に何かの記憶がなだれ込んできた。

そして私は、忘れていた全ての記憶を思い出した。

私は、黄明凛じゃない。

私の本当の名前は、曹琥珀。

子どもの頃に毒入りの饅頭《まんじゅう》を食べた上に刺されて死んでしまった私を、幽鬼になった陶美人が助けてくれたのだ。

陶美人は私の側まで飛んできて、心に向かって問いかける。

『思い出した？』

（はい、陶美人。私は自分が何者だったのかを思い出しました）

『幽鬼になった私は、自分がこの世に残した未練がなんだったのかも分からず、ずっと彷徨《さまよ》っていたの。あなたが毒のせいで死んでしまうのを見て、命を救うために、毒を浄化できる花鈿《かでん》をあなたの額に授けた。その対価として、あなたの記憶をもらったのよ』

（私の記憶を食べたのですか？　だからご自分のことを、琥珀と名乗っていたのですね）

『そうよ。でもあなたの記憶をもらったところで、私の心残りは消えなかった。結局私はその後も幽鬼として彷徨《さまよ》い続けたけれど、あなたのおかげで生まれ変わることができるわ』

陶美人は、清翠殿で姿を消した時と同じように、煙になって消えた。

一度に色々と思い出しすぎて、私の頭の中は大混乱だ。

今まさに私をおぶっている曹先生は私の本当の父親で、私は曹先生の実の娘。

私が黄家で暮らしている間、ずっと近くで見守ってくれていた大切な曹先生が、私の本当のお父様だったなんて。

それに私が曹琥珀だった頃、曹先生の元にはもう一人、少し年上の男の子が暮らしていた。共に遊び、共に学び、どこへ行くにも後をついていくほど大好きだったお兄様。

あの男の子の名前は、青永翔だった。

(私の大好きだったお兄様は、陛下だったんだ――)

◇

長い夢から覚めて、私はゆっくりと目を開けた。

その瞬間に飛び込んできた光から思わず目を逸らし、一体ここがどこなのかと周りを確かめる。

(馨佳殿じゃないわよね。かなり質素な天井だけど、どこかで見たことがある気がする)

まだ夢の中にいるのかと心配になり、念のために自分の手を確認してみる。が、視界に入ったのは子どもの頃の小さな手ではなく、ちゃんと十八歳に成長した私の手のようだ。

安心して牀榻《しんだい》に手をパタリと落とすのと同時に、私のいる房室《へや》の戸が開いた。

「明凛？　起きたか？」

「……曹先生？」

入ってきたのは、曹侯遠先生だった。

(そう言われてみれば、ここは曹家の天井だわ)

幼い頃から何度も曹家に通っていたのだから、見覚えがあって当然だ。

曹先生は水の入った桶で手巾《しゅきん》を濡らして絞ると、私の顔に優しく当てる。

先ほどの夢の中では若い頃の姿だった先生も、あれから十五年も経って顔に皺が刻まれ、頭に白いものも増えた。

十五年もの間、私の本当の父親だと名乗り出ることもなく、近くでずっと支えて見守ってくれたのだと思うと、こうして曹先生と顔を合わせるだけでじんわりと涙が滲《にじ》んできた。

「大丈夫か、明凛。心配したんだぞ。商儀のやつめ……明凛を危険な目に遭わせないと約束したにもかかわらず……！」

「先生、商儀様は何も悪くないです。それより、どうして私はここに？　もしかして私、後宮を追い出されてしまったのでしょうか」

不安な気持ちを隠すように、私は涙を拭きながらわざと明るく先生に尋ねてみる。

清翠殿で楊淑妃の無実の証拠を見つけ、いよいよこれからが正念場だと思っていた。

せっかく蔡雨月様の協力も取り付けたのだから、今こそ公《おおやけ》の場で十五年前の事実をつまびらかにすべきだ。そんな重要な局面で、なぜ私だけ後宮を出されたのだろう。

それに先ほど見た夢の中で、私はハッキリと思い出した。

私が本当は曹琥珀で、曹先生の実の娘であること。

幼い頃から青永翔様を慕い、彼を庇《かば》って大怪我をし、一度死んでから蘇ったこと。幽鬼となった陶美人に命を救われたことは先生とお父様だけの秘密で、陛下には知らされていなかったのだろう。

だから陛下は自分のせいで私を死なせてしまったのだと思い込み、その後悔からご自分の命を軽んじられるようになってしまった。

十五年もの時が経った今になっても『琥珀』という名前を寝言で呟くほどに、陛下は心に深い傷を負ってしまったのだ。

曹琥珀が生きていることを伝えれば、陛下の心を救えるかもしれない。こうして後宮を出され、陛下と二度と会えないなんて絶対に嫌だ。

「明凛。お前は後宮で体調を崩して倒れたようだ。商儀がそのままこちらにひっそりと連れてきたよ。しばらくここで休んでいくといい。これからのことはまた考えよう」

「私はまた、後宮に戻れますか？」

「無理に戻らなくてもいいんだよ。そもそも毒見係なんて危険な仕事をお前が担う筋合いはない。こうして後宮を出られたのもなにかの縁だ。黄家には戻りづらいだろうから、これからしばらく私と一緒にここに住んでもいい」

曹先生はそう言って優しく微笑む。

傍に座った先生のゴツゴツした手に、私はそっと手を伸ばした。武道を極め、剣術にも長けた先生の手はマメだらけだ。

「曹先生。私、思い出したんです」

「……何を？　何を思い出したんだ、明凛」

「幽鬼に食べられてしまった私の記憶が、戻ったんです」

驚いた曹先生は手を滑らせて、持っていた手巾《しゅきん》を床に落とした。

「明凛、それは……まさか……！」

「私は黄明凛ではありませんよね。お母様が亡くなったから黄家に庶子として引き取られたと聞いていましたが、初めから黄家に私のお母様なんていなかったんですね」

「そんなことが……だから花鈿《かでん》が消えたのか……？」

「私は、曹琥珀。先生の娘です」

曹先生は目にいっぱいの涙を湛え、口を押さえて俯《うつむ》く。私は体を起こすと、嗚咽する先生の顔を覗き込んだ。

「……もう二度と思い出してもらえないと思っていた。私のことは忘れてしまっても琥珀の命が助かるならば、新しい人生が送れるならばそれでいいと思ったんだ」

「幽鬼と取り引きしたこと、きっと先生は……いいえ、お父様は、ずっと気に病んでらっしゃったのではないですか？　でも私はこうして全て思い出しました。それにお父様がずっと私の側で見守ってくださっていたこと、本当に感謝しています」

「どうしても琥珀の近くにいたくて、官職を辞めて隠居した。でもまさかこうして、記憶を取り戻してくれる日がくるとは……！」

私たちはお互いに、声を上げて泣きながら抱き合う。

玲玉記の世界に転生したことを思い出してからも、黄明凛としての人生がなんとなく自分のものではないような気がしていた。

だけど私にもこうして、この世界に大切な家族がいた。こんなにも愛してくれるお父様が。

私はお父様の背に回した腕に、改めて力を込める。お父様は何度も私の本当の名前を呼びながら、私の肩に顔を埋めて泣いた。

「お父様。私が本当は曹琥珀だから、陛下のお毒見役をするのに反対したのですか？陛下の近くには行かない方が良いと？」

「陛下とはもう、関わらない方が良いと思ったんだ。お前はもう琥珀としてではなく、明凛として生きるしか道はなかったのだから」

「ずっと、私を守ろうとしてくださったんですよね」

「そうだ。しかし、それでも運命というものはあるのだな。お前はこうして記憶を取り戻したし、陛下とも再会してしまった」

お父様は洟《はな》をすすりながら、私をもう一度牀榻《しんだい》に横たわらせる。

私が陛下と再会したのは、『運命』というほどのものではないかもしれない。陛下が最終的に結ばれるのは私ではなく鄭玉蘭であり、私はただのモブ後宮妃に過ぎないのだから。

しかし、陛下が生きていくこれからの長い道のりの中で、私が彼に関われるのがほんの一瞬に過ぎないのだとしても、今この時に陛下の心を救えるのは私だけだと思う。

（陛下に、琥珀は死んでなんかいなかったのだと伝えなきゃ）

「お父様。陛下は自分のせいで私を死なせてしまったと思い込んで、心を閉ざしてしまいました。私が生きていると知ったら、きっと陛下は立ち直れます。自暴自棄になって皇太后の言いなりになったりせず、この青龍国の皇帝として強く生きていけると思うのです」

「……まさか、自分が琥珀であると陛下に伝えるのか？　せっかく後宮を出してもらえたんだ。このまま黄明凛として生きていく道もある。皇都で暮らすのが嫌なら、私と一緒に別の街に行ってもいい」

必死で私を説得しようとするお父様の言葉を遮るように、私は首を横に振る。

「私にもお父様にも、やるべきことがあります。後ろ盾を失くした陛下を預かってまで守ろうとしたお父様なら、陛下を一人残したまま皇都を去るなんてできないはずですよね」

その顔に憂色を浮かべたお父様はしばらく目を閉じて考え込んだ後、私に向かって静かに頷いた。

◇

私が後宮を出され、曹家で目を覚ましてから二か月。

いよいよ曹侯遠先生——お父様の官職復帰の時がやってきた。

私と同じように清翠殿で軽い毒を浴びた陛下もすっかり回復し、皇太后が仕切っている朝議の場に復帰すると聞く。

そのタイミングでのお父様の官職復帰。

蔡妃と私との約束は、ちゃんと守られた。お父様の官職復帰を後押ししたのは蔡妃の父である蔡雨月様だそうだ。

お父様が復帰するこの日の朝議で、きっと楊淑妃の無実の証拠が発表されるはずだ。

青龍国の政《まつりごと》の場で最も力を持っている蔡雨月様と、青龍国古参の重鎮である父、曹侯遠。この二人が揃えば、いくら玄龍国出身の官吏が多いといえども、簡単に楊淑妃の除名など実現できるわけがない。

まだ日が昇らない薄暗い中、曹家の外から馬車の音が近付いてくる。

早朝のお客様を迎えに出た私の前に現れたのは、いつものあの人だった。

「おやぁ、曹妃！　すっかりお元気になられましたね！」

久しぶりに見る商儀様は、相変わらず元気でおちゃらけている。

「商儀様、おはようございます。まだ暗い時間ですので、できればもう少し声を落としていただければと。その節はご心配をおかけしました。陛下はお元気ですか？」

「まあ、元気と言えば元気ですね。曹妃が後宮を去ってからというもの、また毎日野菜をかじる生活ですよ」

「……新しい妃の方は？」

「新しい妃？　どなたです？　最近誰か入内《じゅだい》したっけな？」

そう言って首を傾げる様子は、嘘をついているようには見えない。しかし、陛下が「他に愛する人がいる」と仰っていたのはもう数か月も前の話だ。

まさか側近の商儀様が、玉蘭の存在を知らないはずはないだろう。

「その……新しい妃とは、鄭玉蘭様のことです」

「誰ですか？　それ」

ポカンとした顔で私を見る商儀様の顔を見て、私の頭の中には疑問符が並ぶ。

（ん？　ようやく玲玉記の登場人物、鄭玉蘭が現れたんじゃなかったの？）

「陛下が私に、『心から愛する人がいる』って仰っていたんですが……」

「え？　は⁉　なんだか話がごちゃごちゃしてますけど、それって陛下から曹妃への愛の告白では？」

「……あいっ⁉　違いますよ！　陛下から、愛する人ができたから後宮を出て行けってはっきり言われたんですから。では新しい妃はまだいないんですか？　それに陛下のお毒見は？」

「曹妃がいなくなってからこの二か月、陛下はまた毒見を拒否してますよ」

「ええ⁉」

早朝の静かな軒先で私が上げた大声に、軒先にいた雀が驚いて一斉に飛び立った。

私は自分の口に両手を当てて、商儀様の側ににじり寄る。

「どういうことでしょう。せっかく陛下はまともなお食事を摂るようになって風邪を引くことも減ったのに。後宮にも通われていないのですか？　誰か陛下をお支えしてくれるような妃は？」

「いやいや、馨佳殿はもぬけの空ですし、他に陛下が訪れるような場所もないですから……。私はいつでも曹妃に戻ってきていただけるように準備万端ですよ。どうです？　もう一度入内《じゅだい》するというのは」

なるほど、状況は大体分かった。

とりあえず、鄭玉蘭の入内《じゅだい》は私の早合点だったらしい。そして陛下は再び毒見を拒否して、不健康生活まっしぐらの状態だ。

これでは元の木阿弥《もくあみ》。せっかく私が毒見をして、まっとうな食生活を送れるようになったところだったというのに。

なんだか妙に悔しくなり、私は両方の拳を握りしめた。

（でも私が今更毒見をしますと申し出たところで、既に花鈿《かでん》の力はなくなってしまったし……っていうか、毒見にそもそも特殊スキルなんて必要ないよね!?）

私は商儀様の襟元を掴んで詰め寄った。

「分かりました。ではこうしましょう。私はもう一度お毒見係として後宮に行きます。後宮妃としてではなく、厨房で雇ってくださいよ」

「そんな！　厨房で雇うだなんて、困りますよ！」

「商儀様、こちらの身にもなってください！　黄家から華々しく入内《じゅだい》したのに一年足らずで後宮から追い出された女なんて、もう嫁の貰い手なんかありません。生活のために働くしかないんです。私がこんな目に遭ったのは、本を正せば商儀様のせいですよね？」

「いや、それはそうなんですけど……さすがに曹妃を厨房なんかに入れたら、私が陛下に殺されますよ。もう一度、馨佳殿に戻るというのはいかがで？」

「だから、陛下には心から愛する人がいるんですってば！」

最終的にはやっぱり興奮して大声で話し始めてしまった私たちの後ろから、参内の準備を終えたお父様が慌てて走ってくる。

ひとしきり私たちの言い分を聞いた後、お父様は諦めたように大きくため息をついた。

「商儀、運命には抗えん。私はもう悟った」

「まあ、私もそう思いますよ。曹妃にはぜひとも戻ってきていただきたい。しかしながら今日の今日では無理ですから、とりあえずは侯遠殿だけでも馬車にお乗りください」

どうやらこの二人は、私を置いて二人だけで皇宮に向かうつもりでいるらしい。

御者が準備した踏み台の横で、商儀様が馬車の簾《すだれ》を上げてお父様に目配せをする。

(そうは問屋が卸さない。今日は大切な日なんだから、私も楊淑妃の無実が証明される場面《シーン》に立ち会いたい！)

「商儀様！　許太医《たいい》の診察記録は、今どこに？」

「え？　それなら、陛下が今日の朝議に持っていくと……」

やっぱりそうだ。陛下は蔡雨月様とお父様の力を借りて、今日の朝議の場で皇太后を追い詰めるつもりだ。

「お父様、商儀様。私も皇宮に連れていってください。大丈夫、おかしなことは絶対にいたしませんから！」

◆

初代青龍帝の血を受け継ぐ者だけに現れるという、青龍の力が発現して二か月。自分の意のままにこの力を使える状態まではほど遠く、毒の治療も相まって、私はどうにも落ち着かない日々を送っている。

清翠殿に仕掛けられた呪術により、私と明凛はその身に毒を浴びることとなってしまった。幸いにも明凛の花鈿《かでん》のおかげで毒はかなり浄化されて弱まっていたし、蔡妃の用意した解毒薬も多少は効いた。

しかしそれでもこの二か月はほとんど動けず、政《まつりごと》に関しては必要最低限の仕事をこなしたのみだ。

明凛は密かに後宮から出して、曹家に戻した。

曹侯遠の復職の手筈は整い、今日の朝議に参加するよう侯遠に遣いも出した。

ここまで順調に進んだのは、明凛が蔡妃と交渉し、蔡妃の父である蔡雨月を味方に付けてくれていたからに他ならない。

二か月間の調査の結果、陶美人と許太医《たいい》の件については色々と明らかになった。

陶美人の実家は元々医者の家系で、以前は皇宮の太医《たいい》を務める者も輩出したという名門。その関係で、同じく医家の生まれだった許陽秀とは幼馴染同士だったそうだ。

いや、彼らはただの幼馴染同士という関係ではなく、お互いに愛し合っていたというべきだろう。

将来を誓い合ったはずの二人の仲は引き裂かれ、陶美人は前《さき》の皇帝の後宮に入った。

しかし、肝心の前皇帝は私の母の楊淑妃を寵愛しており、陶美人は見向きもされない。

それで、皇宮に足を踏み入れることができた許太医《たいい》との関係が再び燃え上がってしまったのだろう。陶美人は許太医《たいい》の子を懐妊した。

皇帝陛下の訪《おとな》いもないのに懐妊したことが明らかになれば、陶美人も許太医《たいい》も死罪の上、両家も取り潰しとなってもおかしくない。

そこに付け込んだのが夏玲玉——つまり皇太后だった。

皇太后は陶美人に近付き、生まれたばかりの娘を後宮の外に逃がす手助けをした。

当時の皇太后は、楊淑妃に次いで前皇帝の寵愛を深く受けていたという。その上、彼女は元々玄龍国の公主《こうしゅ》。

人を操って陶美人の手助けをするなど、皇太后にとっては容易いことだっただろう。

陶美人の産んだ娘は、許家の遠い親戚の元に預けられることとなった。

許太医《たいい》との関係を知りながらも秘密にすることを約束し、更に大切な娘の命まで救った皇太后に、陶美人は痛く感謝した。数年後、立太子の儀での出来事について、嘘の証言をさせられる羽目になるとは予想もせずに。

十五年前、楊淑妃が皇太后を後ろから突き落としたと証言したのは、陶美人だ。

その頃はまだ許太医《たいい》も存命だったから、きっと「二人の関係を公表されたくなければ協力するように」とでも皇太后に迫られたのだろう。

陶美人が皇太后に脅されて嘘の証言をしたのと同じく、許太医《たいい》もまた、皇太后に利用されて嘘の診断をさせられた。

楊淑妃に階段から突き落とされたことが原因で流産した、という診断は真っ赤な嘘。あの時、皇太后は懐妊などしていなかったと、許太医《たいい》が残した記録から読み取れた。

皇太后に不信感を抱いた許太医《たいい》は、まだ幼かった娘の蓮房を、友人だった蔡雨月に預けた。表向きは病のため命を落としたことにし、皇太后に知られることなく裏で密かに蔡雨月の養女としたのだ。

残念なことにその後、許太医《たいい》と陶美人は相次いで命を落とすこととなったのだが、許太医《たいい》の機転が功を奏して、娘の蓮房は皇太后の手から逃れることができた。

二人の死は病死とされているようだが、この状況を知っている者なら間違いなく皇太后を疑うだろう。

（皇太后が突然十五年前のことを蒸し返したのは、陶美人の侍女だった者が最近になって動きを見せたことに焦ったのであろうな）

清翠殿に近付いて亡くなった宮女《きゅうじょ》は、「清翠殿に許太医《たいい》の診察記録が隠されている」という手紙を宛先に届けず自分で隠し持ち続けていた。その宮女《きゅうじょ》の手紙も詳しく調べさせたところ、陶美人の筆であることが分かっている。

最近になって清翠殿に幽鬼が出るという噂を聞きつけた宮女《きゅうじょ》は、自分が陶美人から預かった手紙を届けなかったことで陶美人が幽鬼になって出てきたのではないかと不安になったのかもしれない。

（それにしても、蔡雨月がこちらに付いてくれなければ、こんな詳しい状況は分からなかった。本当に明凛にはなんと礼を言ってよいか分からない）

陶美人と許太医《たいい》の関係について詳しく教えてくれたのは、蔡雨月であった。

私の味方でも敵でもない存在だった雨月は、養女である蔡妃を守るため、後宮で起こった悲劇を心に仕舞って触れずにいた。

その信念を覆し、こうして私に付いてくれたのは、明凛が命の危険を冒して繋いでくれた縁だ。

そして最後の決め手となったのは、私の青龍の力。

二十歳になろうかという私に青龍の力が発現していなかったことで、蔡雨月はどうしても私に対して忠誠を誓うことができなかった。

しかし今回、やっとのことで私にも力が発現し、青龍帝の正統な後継者であることが証明された。それで蔡雨月もようやく、私に協力する気になってくれたのだろう。

(全て、上手く進んでいる。きっと大丈夫だ)

独り寝の牀榻《しんだい》に空虚さを覚えながら、私は起き上がる。

朝議に向かう支度のために、宦官《かんがん》たちは忙しなく殿舎を出入りしている。

しばらくすると、商儀が私の元にやってきた。

「おはようございます、陛下。手筈通り、曹侯遠殿を連れて参りました。刻限になれば青龍殿にお通しします」

「ありがとう、商儀。曹家では、その……明凛に会ったのか？」

「え……？　えっ、ええ？」

私の質問には答えず、商儀の目線はあちこち泳ぎまくっている。絵に描いたような動揺に、私は苛立って立ち上がった。

「商儀！　明凛に何かあったのか？　毒の治療が上手くいかなかったなんてことは」

「うわぁぁっ！　それはないですないです！　とってもお元気でした。それはもう、うるさいくらいに」

「それなら良いが……。なぜそんなに慌てているのだ」

「いえっ、いいえ！　さあ、準備ができたら参りましょう。今日は忙しいですよ。朝議の場が今日の正念場ですが、なんと午後には玄龍国の大使との面会がありますからね」

なぜこんな重要な日に別の予定を入れたのかと、商儀にひとしきり説教をし、私は紫色の上衣に袖を通す。

（明凛……命をかけて見つけてくれた母の無実の証拠を、絶対に無駄にしないと約束する）

瞼の裏に明凛の姿を思い出し、私は決意を固めて拳を握る。

「商儀！　例の診察記録は持っているな」

「へっ⁉　ああ、っはい！　持ってる……と思います！」

商儀の様子がいつもと違うことに多少の不安を覚えたが、その気持ちに蓋をして、私は青龍殿に向かった。

◆

「――曹侯遠の復職は不要です」

朝議の場。私の横に座る皇太后は、予想通り冷たい一言を発した。

元より、皇太后が侯遠の復職をすんなり受け入れるとは思っていない。しかし、さも当然のように自分の意見が通ると思っている皇太后の態度に、私の心の奥で苛立ちが募った。

ずらりと並んだ官吏たちが皇太后の言葉に反することもなく顔を見合わせて頷いている姿も、私の苛立ちを増長させた。

「皇太后陛下。私は曹侯遠に、この青龍国の国史をまとめさせようと考えているのです」

わざと大きく声を張り上げた私に、官吏たちは驚いて一斉にこちらを見る。

普段は何も意見せず、ただ皇太后の横暴をそのまま許容してきた無気力な皇帝が、突然皇太后に楯突いたのだ。皆が驚くのも無理はない。

皇太后はぴくりと片眉を上げると、やおら私の方に顔を向ける。

「……国史とは。どういうことですか？　皇帝陛下」

「言葉通りの意味です。国史、つまり史書ですよ。青龍国は四龍を統《す》べる立場でありながら、初代青龍帝から受け継がれる皇統についての正式な書がないのはおかしいと思いませんか？」

私を軽く睨みつけた皇太后は、黙れと言わんばかりに、わざと音を立てて大仰に扇を開く。

青龍国の史書を作るということは、青龍帝の血を継ぐ私の力を正当化し、高める意味がある。史書があれば、青龍国の伝統や尊厳を無視して好き勝手に振る舞っていた皇太后やその取り巻きたちの動きも抑えられるはずだ。

私は椅子から立ち、畳《たた》みかけるように話し続ける。

「青龍国こそが四龍の統率者であると明文化しておけば、国が乱れた時の指針となります。史書を作るのに、青龍国の伝統や歴史に詳しい曹侯遠は最も適任。青龍国の皇帝配下に史書を編纂する史館を設け、侯遠にはその史館の長を務めてもらいます」

「皇帝陛下。そこまで詳細に決めているのに、私に事前の相談がなかったのはおかしいですね。それに、こんな時に史書などまとめてしまって本当によろしいのですか？」

「どういうことでしょう」

「楊淑妃の皇統除名が、本日この場で決議されます。それに初代青龍帝の血を引くはずの皇帝陛下には未だに、青龍の力も発現していないご様子。まさか楊淑妃が前《さき》の皇帝陛下を欺いて、道に外れたことをなさるとは思ってはおりませんけれど……ねえ？」

扇で顔を扇ぎながら、皇太后は笑みを浮かべた。

ゆらゆらと揺れる扇の動きに合わせて、皇太后の頭の飾りがシャランシャランと不気味に音を立てる。

（母が、道に外れたことを？　つまり、私が前《さき》の皇帝の子ではないかもしれないと言いたいのか？　皇太后はどこまで私たちを馬鹿にすれば気が済むんだ）

湧き上がる怒りを抑え、私は横目で官吏たちの方を見た。

玄龍国出身の者たちは何やらこそこそと耳打ちをし合っている。彼らが私に賛同するのは難しいだろう。しかし、青龍国出身の官吏たちは確実に取り込みたい。

その時、たまたま目が合った蔡雨月が私に目配せし、トントンと自分の左腕を叩いた。

（左腕……？　そうか）

蔡雨月に対して小さく頷くと、私はもう一度胸を張って声を上げる。

「皇太后陛下。ご心配には及びません。私は紛れもない正統な青龍国皇帝ですよ」

そう言って左腕を胸の高さまで上げた私は、全ての気を左腕に集中させた。まだ上手くこの力を支配できてはいないが、ここで青龍の力を見せつけねば話が進まない。

官吏たちの目の前で、私の左腕は青白く光り始める。

すると、先ほどまで朝日が差し込んでいた青龍殿は一瞬のうちに薄暗くなり、殿舎の外からは雷鳴の音が近付いてきた。

（来る……！）

左腕に雷が落ちたような痺《しび》れが走り、私はまるで動物のように激しく雄叫びを上げる。

青龍殿が眩い光に包まれると、私の左腕を包む青白い光が巨大な青龍に姿を変え、天に向かって飛んだ。

青龍はそのまま青龍殿の天井を突き抜けて、空に昇る。

腹の底に響くような爆音と共に、天井が大きく崩れた。

瓦や折れた柱、屋根の破片が青龍殿の床に降り注ぎ、官吏たちは悲鳴を上げながら広間の端に散り散りに逃げていく。

青龍が気持ち良さそうに天を泳ぐその下で、私たちのいる青龍殿には白い煙のようなモヤが漂った。

(やりすぎたか……)

まさか青龍殿を破壊してしまうとは思わなかったが、幸い怪我人はいないようだ。

私は動揺を隠し、もう一度胸を張った。

皇太后は爆音に驚いて腰を抜かしている。玄龍国の官吏の一人が、瓦礫から皇太后を守ろうと必死に彼女に覆いかぶさっていた。

「こっ、皇帝陛下っ！　これはやりすぎではありませんか⁉」

「…………いや、予定通りだが」

皇太后の体の上でキャンキャンと吠える官吏に、私は澄ました顔で告げる。

本心を言うと、自分の力を全く支配できていない結果がこの惨状なのだが、わざわざ弱みを宣言する必要もないだろう。

官吏たちに混じって腰を抜かしている商儀に目配せをすると、商儀は慌ててボロボロの青龍殿から飛び出していった。

（そうだ、商儀。曹侯遠をこの場に連れてきてくれ）

「皇太后陛下、ご覧いただけましたか。私が正統な青龍国皇帝であることを。曹侯遠を今日の朝議に呼びました。これからこの朝議の場で、彼を史館の長に任命します」

「お待ちください、皇帝陛下。いくらあなたが正統な皇帝だと言っても、楊淑妃はどうですか？」

皇太后が官吏の手を借りながら、よろよろと立ち上がる。

「親子揃って乱暴なことがお好きなのね。楊淑妃は私を階段から突き落としたのですよ。それが原因で、私は大切な大切な皇子を失いました。前《さき》の皇帝陛下の皇子の命を奪った楊淑妃の罪は消えません！」

青龍の勢いに圧倒されていた官吏たちは、皇太后の言葉を聞いて我に返ったようだ。瓦礫の中を立ち上がると、皇太后に賛同する言葉を口々に叫び始める。

「楊淑妃の除名を！」

「皇太后陛下に害を加えた者を皇統に残すな！」

怒声に包まれる青龍殿に、曹侯遠が現れた。商儀に連れられ、供の宦官《かんがん》を一人引き連れて殿舎に入ってきた侯遠は、一体何があったのかと驚いて辺りを見回す。

「静まれ！　青龍国皇帝の青永翔が、曹侯遠をこれから史館の長に任命する！」

声を張り上げてみるが、皇太后の言葉に煽られた玄龍国出身の官吏たちの勢いは止まらない。野太い叫び声が殿舎中に響き、中には楊淑妃除名の意見書を持って私の前に躍り出る者まで現れた。

蹴り飛ばしたい衝動に駆られるが、ここで我を忘れては何も解決しない。

皇太后は口元を扇で隠し、不気味な視線で私を見ている。

（一体どうすればいいんだ──そうだ、母の無実の証拠を、今こそつまびらかにすれば……）

商儀の方に目を向けるが、彼は官吏たちの争いを止めようとしてもみくちゃにされている。

──その時。

「お待ちください‼」

緊迫したその場に、何者かの透き通った高い声が響き渡った。

男ばかりの野太い声が響く中でもよく通る高い声は、明らかに女性のものだ。

この場には自分と皇太后、そして男性官吏たちしかいない。側にいる皇太后が黙っているというのに、ここで女の声などするわけがない。

しかし、私にはその声の主がすぐに分かった。

後宮に留めては危険な目に遭うからと、泣く泣く手放した仮初《かりそめ》の寵妃《ちょうき》。

（──どこだ、明凛。ここには許可なく妃は入れぬはず）

一同が動揺する中、殿舎の中央に立つ曹侯遠の背後で一人の宦官《かんがん》がもぞもぞと動いている。

「お待ちください！」

その宦官《かんがん》はもう一度声を上げる。

高い声で怒声を遮られ、騒いでいた官吏たちは皆その声の主を捜し始める。

場が静まるのを待って、宦官《かんがん》は口元の面紗《めんしゃ》と帽子を投げ捨てた。まるで宦官《かんがん》のような服を着ているが、それは男装した明凛だ。

明凛は侯遠の背後からこちらに進み出て、皇太后と私に向かって手を合わせて礼をする。皇太后は持っていた扇を床に投げ捨て、台の上から氷のような目で明凛を見下ろす。

「お前、許しも得ずに朝議に参ずるとは何事なの？　それに、私はお前が死んだと聞かされていたけれど！」

こんな風に声を荒げる皇太后を見るのは初めてだった。それほど、今この場に明凛が生きて立っていることに動揺したということだろう。

あの幽鬼の一件があった後、私と商儀は清翠殿に火を付けた。その火事が原因で曹明凛は清翠殿で亡くなった、という報告を上げていたのだ。

皇太后が陶美人の幽鬼に恐れをなして、呪術をかけて誰も立ち入らせないようにした清翠殿。そこで亡くなったはずの明凛が目の前に現れたとあっては、皇太后も動揺せずにはいられないのだろう。

皇太后が隠したかった不都合な証拠が、既に私たちの手に渡っている。それを察知したに違いない。

（それにしても、なぜ明凛がここに……？　私は曹侯遠だけを呼んだはずだが）

商儀に目をやると、申し訳なさそうな顔をして侯遠の後ろにさっと隠れた。

「皇帝陛下、皇太后陛下。そして今この場にいる皆さまに申し上げます。楊淑妃は、無実でございます」

明凛の言葉を聞いて、皇太后はわずかに片方の口の端を上げる。

「曹妃。わざわざ掟を破って朝議の場に押しかけた上に、言うことはそれだけなの？十五年前、私を階段から突き落としたのは楊淑妃です。あの日、あの者以外に私に手が届く場所にいた者はいなかった。楊淑妃の皇統除名は避けられないのよ」

「確かに当時、楊淑妃以外に皇太后陛下の近くに立っていた者はいなかったはずです。

しかし、もし皇太后陛下がご自身の不注意で階段を踏み外したのだとしたら？」

「曹妃、何を言うか！　誰かこの者を捕えなさい！」

怒りに震えた皇太后の指示で、広間の端に控えていた衛士《えじ》たちが動き出す。

「やめろ！」

私が衛士《えじ》に向かって叫ぶと、その場にいた者たちが全員ハッとして足を止めた。

権力を持つ皇太后に付くべきか、青龍の力を持つ私に付くべきか。今ここにいる者たちは全員様子を窺っているようだ。

「明凛。そこまで言うのなら、楊淑妃が無実だという証拠があるのだろう？」

「はい、皇帝陛下。楊淑妃は無実です。今この場で皆様に証拠をお見せしてもよろしいでしょうか」

私は明凛に向かって頷くと、同意を得るために広間にいる官吏たちの顔を順に眺める。

彼らが顔を見合わせてひそひそと相談する中、先ほど瓦礫から皇太后を守った男が忌々しげに大声を上げた。

「皇帝陛下！　この件は既に何度も朝議で議論を重ねています。今更新たな証拠が出てくるはずもございません！」

唾を飛ばしながら突っかかってくるその男の顔をよく見ると、玄龍舞踊団の公演の日に母を侮辱する言葉を発した男と同一人物のようだ。

まるで、懐妊した妃を階段から突き落とすのが楊淑妃の趣味であるかのように、嘲り笑ったこの男。

(そうか、この者はよほど皇太后に忠誠心を持っているのだな)

男は明凛の横に立ち、私と皇太后に向かってギャンギャンと吠えている。

「陛下！　こんなことに時を割くよりも、勝手に後宮を出られた曹妃への処罰をお考えになった方が良いのでは？　死んだと思い込ませ、勝手に後宮を抜け出した罪は死罪に値します。それとも、まさか陛下がわざと逃がしたとでも？」

「其方《そなた》、楊淑妃が冤罪であることの証拠が出てきたら困ることでもあるのか？」

「……いいえ、そういうわけではありません！」

「それならばまずは曹妃の話を聞こう」

「ですが……！」

青龍国出身の官吏たちは、楊淑妃の除名に本心から賛同しているわけではない。楊淑妃の無実を証明する新たな証拠があるならばと、明凛の言葉に耳をそばだてている。

明凛は私と目を見合わせる。彼女は懐からごそごそと古い紙を取り出した。

(商儀は許太医《たいい》の診察記録を明凛に預けたのだな。だから今朝、あんなに狼狽していたのか)

遠目から見ても黄ばんでいるほど古いその紙を、明凛は破れないように慎重に開く。

（なるほど。商儀が診察記録をこの場に出すよりも、清翠殿で亡くなったと言われた明凛が見せた方が、皇太后にとっては打撃が大きいはずだ）

明凛がそこまで狙っていたのかどうかは知らないが、実際に今診察記録を手にしているのは商儀ではなく明凛だ。そして、皇太后は明らかに動揺している。

「皇太后陛下、皇帝陛下。これは後宮太医《たいい》の診療を記録したものです。十五年前に太医《たいい》を務めていた許陽秀様の印も押されています」

明凛は診察記録を両手で持って高く掲げ、皇太后にそれを向ける。

そして周りにいる官吏たちにも順番に見せて回り、もう一度私たちの前に立った。

「曹妃、その診療記録には何が書いてある？」

「はい。皇帝陛下の立太子の儀が執り行われた日に、許太医《たいい》が楊淑妃の病の様子を診察した時のことが書かれています。立太子の儀は十五年前の春、三月一日の夜です。診察はそれと同じ三月一日の早朝に行われています」

官吏たちがざわざわと騒ぎ始める。楊淑妃の件は何度も朝議で検討されたにもかかわらず、許太医《たいい》がその日、皇太后以外の妃も診察していた記録は今まで出てこなかったのだ。

これは新事実が判明してもおかしくないぞと、聴衆は息を呑む。

「楊淑妃は、右半身が麻痺して動かなかったとの記載がございます。立太子の儀では、楊淑妃も皇太后陛下も青龍に捧げる天燈《ランタン》を左手に持っていらっしゃったはず。右手が麻痺して使えない楊淑妃は、唯一使える左手も天燈《ランタン》で埋まっていますから、皇太后陛下を階段から突き落とすようなことはできないのです！」

立ち上がって聞いていた皇太后は、近くの男が拾った扇を乱暴に取り上げると、そのまま静かに椅子に腰を下ろす。

場がしんと静まり返る中、椅子が軋む音だけがギイと鳴った。

「いかがでしょう、皇太后陛下。この印を調べていただければ、許太医《たいい》のもので間違いないことが確認できるはずです。十五年も前のことですから、皇太后陛下のご記憶も曖昧でいらっしゃいましょう。ここはこの記録に基づき、楊淑妃は無実としていただくのが良いと思います！」

青龍国の官吏たちは、蔡雨月の側に集まってごそごそと何やら相談をし始めている。一方の玄龍国の者たちは、次の皇太后の反応を窺っているようだ。

しかし、皇太后は椅子に座ったままピクリとも動こうとしない。

気まずい静寂を破って声を上げたのは、蔡雨月だった。

「皇太后陛下。その書面の印が本物なのかどうかはすぐに調べられます。この印が偽物でない限り、私も楊淑妃の除名の話は取り消すべきだと考えます」

重鎮の意見表明に、青龍国の者たちも後に続く。

除名に反対する者たちが蔡雨月の後ろに並び、次々と除名反対の旨を表明していく。

それを見た皇太后は、やっとのことで口を開いた。

「曹妃。その書面は一体どこで見つけたのですか？」

「皇太后陛下、それは……」

「どこでそんなものを見つけたのかと聞いているのです。許太医《たいい》の書いたものなのだから、薬品類の管理と同じく尚食局《しょうしょくきょく》で保管されていて然るべきでしょう。お前が持っているのはおかしいわ」

明凛に扇の先を向け、皇太后は明凛に答えを促した。

「どこで見つけたものであろうと、許太医《たいい》の印をお調べいただければ本物であることは確認が取れるはずです」

「私の質問に答えなさい。それはどこで見つけたと言うの？」

ひるむ明凛に、皇太后は苛立ちを隠せず扇を投げつける。

「明凛！」

思わず私が扇をぶつけられた明凛のいる場所まで下りようとした、その時。

崩れた入口の扉近くにいた人影が、「お待ちください！」と大きく声を上げる。

（あれは誰だ？　もしかして……蔡妃？）

瓦礫の間を縫ってこつこつと靴を鳴らしながら、蔡妃は皇太后の前に進み出る。

「皇太后陛下に申し上げます。曹妃が持っている診察記録は、曹妃が清翠殿に入って見つけたものです」

「おやめください、蔡妃！」

蔡妃の言葉を遮るように、明凛が彼女の名前を呼ぶ。

診察記録が清翠殿にあったことを公《おおやけ》にすれば、陶美人と許太医《たいい》がただならぬ関係であったことが明るみに出るだろう。それを避けるために、明凛は診察記録を見つけた場所の明言を避けたのだ。

明凛の弱みに付け込んだはずの皇太后は、自らに不都合な事実をあっさり告白してしまった蔡妃の行動に狼狽《うろた》える。

(明凛を追い詰めようと思っていたようだが、残念だったな。皇太后)

「清翠殿には前《さき》の皇帝陛下の妃、陶美人がお住まいでした。許太医《たいい》は陶美人を信頼し、その診察記録をお預けになったのです。楊淑妃が無実であることを証明する記録を、隠さなければならない必要があったのです。なぜだかお分かりでしょうか」

蔡妃はその細い目で、皇太后をまっすぐに見た。

自らの出生の秘密を公《おおやけ》にされても構わないとばかりに捨て身でやってきた蔡妃と、前《さき》の皇帝の子を身籠ったと嘘をついたことを知られたくない皇太后。

軍配は蔡妃に上がったようで、皇太后は蔡妃から視線を逸らした。

「……分かりました。そこまで言うなら、楊淑妃の皇統除名については延期しましょう。ただし、許太医《たいい》の記録は私が調べますからお渡しなさい」

◇

皇太后は高壇の上から私に言った。

（嘘⁉　やったわ！　楊淑妃の皇統除名を阻止するのに成功したのよね？）

あまりの嬉しさに悲鳴を上げそうになった自分の口を押さえながら皇帝陛下を見ると、陛下は皇太后の隣で心配そうな顔で私を見ている。

（やっと楊淑妃の除名を阻止できたのに！　陛下ったらもう少し嬉しそうな顔をしてくれないかしら）

もしかして、皇太后が「除名を取り下げる」ではなく「除名を延期」と言ったから、陛下は満足しなかったのだろうか。

せっかく男装して後宮に忍び込んでまで頑張ったのに……と、私はちょっぴり残念な気持ちになる。

「曹妃。早くその記録を渡しなさい」

皇太后の冷たい言葉が、もう一度私にかけられた。

この記録を皇太后に渡してしまって大丈夫なわけがない。なんらかの細工をして、許太医《たいい》の印は偽物だったと言い出しかねない。

私が蔡雨月様に助けを求めようと振り向いた瞬間、すぐ隣にいた官吏が私の肩を力いっぱい掴んだ。

「痛っ！」

「さあ、曹妃。早くそれを渡しなさい」

男の爪が肩にギリギリと食い込んで、私は痛みに顔を歪める。この男、どこかで見た顔だと思えば、玄龍舞踊団の公演の時に楊淑妃を愚弄したアイツだ。

男の息が、私の首筋にかかる。

ぞわっと鳥肌が立つのと同時に、嫌な予感が私の頭をよぎった。

「……明凛！　その者から離れろ！」

皇帝陛下の叫び声の直後、男は懐に忍ばせていた短刀を私の首に当てた。

背後を取られ、両腕を背中側に掴み上げられると、私が手に持っていた診察記録がはらはらと床に散らばる。

短刀を目にした官吏たちは驚いて声を上げ、場は騒然とした。

首に触れる冷たい金属の感触に、私はごくりと生唾を飲む。

「……下がれ！　誰もこちらに寄るな！」

男は私の腕を強くねじり上げ、じりじりと青龍殿の扉に向かって後退した。先ほど皇太后の指示で私を捕らえようとした衛士《えじ》たちが近付くと、それを見た男は刀の先を私の頬に当てた。

右の頬からつうっと一筋、血が流れる感覚がする。

「やめろ‼」

陛下は高壇から下りて、ゆっくりと私たちに近付いてきた。

（私は、琥珀を失ったと思い込んでいる陛下の心を救うために後宮《ここ》に戻ってきたのよ。私がここで死んだら、陛下を助けるどころか更に追い詰めてしまう……！）

すぐ側まで近付いた陛下の額から、汗がぽたりと落ちるのが見える。

陛下は私の背後にいる男から視線を離さず、瞬きもしないまま、腰に下げてある刀を静かに抜いた。

「其方《そなた》の望みはなんだ。明凛の命を奪ったとて、其方《そなた》の欲しかったものは手に入るまい。自らの罪を重くするだけだ。明凛を放せ」

陛下が問いかけると、私の腕を掴む男の手に力が入る。

しばらくの沈黙の後、男はハアッと大きく息を吐き、青龍殿中に響き渡る叫び声を上げた。

「皇帝陛下、いや青永翔！　お前はすぐに帝位を退き、皇太后陛下に帝位をお返しせよ！」

耳のすぐ側でつんざくような叫びを聞かされ、私はつい顔をしかめる。

(何？　このオジサン、皇太后を帝位に就かせようとしているの？　玲玉記の中でも、玲玉が女帝になるのはもっと先だったわよ⁉)

私の腕をきりきりと掴み上げたまま、男の持つ短刀の先がもう一度私の頬に触れる。

「この場で、青永翔の退位と夏玲玉様の皇帝即位を承認せよ！　そうでなければ、この女を殺す！」

男は再び出口に向かって後退し始めた。思わず足を踏み出そうとした衛士《えじ》を、陛下が手を上げて止める。

「退位せよとは、どういうことだ」

「青永翔、分からぬか。玲玉様は玄龍国の至宝と呼ばれた御方。前皇帝は我々の宝を娶っておきながら、他にも多くの妃嬪《ひひん》を後宮に囲い、我らが玲玉様を蔑《ないがし》ろにしたのだ。本来ならばこの青龍国も、玲玉様のお子が皇帝となって然るべき！　それなのに……！　お前の母親が、それさえも邪魔をした！」

感情に任せて叫ぶ男の声には涙が混じる。

(そうか。この男は、皇太后を慕ってわざわざ青龍国までついてきたんだ……)

玄龍国の公主《こうしゅ》を青龍国に輿入れさせる際、元々候補に挙がっていたのは皇太后の姉の方だったと聞く。玄龍国の王が皇后との間の娘ではなく、身分の低い妃嬪《ひひん》の産んだ夏玲玉を身代わりに青龍国に寄越したのだと、玲玉記に書いてあった。

（不遇な道を歩む皇太后の身を案じてついてきてくれたのかもしれないのに……皇太后はそんなことどうでもいいようね）

男を見る皇太后の視線は、氷のように冷たい。

私は頬に当てられた短刀の先に瞳を向けながら、恐る恐る男に話しかけた。

「ねえ、オジサン、自分の大切な人が誰かのために犠牲になる姿なんて、見たくないって思いませんか？」

「……ぁああ⁉　何を言ってるんだお前、刺すぞ！」

「あなたがこうして自らを犠牲にして罪を背負うこと、皇太后陛下も望んでらっしゃらないんじゃないでしょうか。もしも皇太后陛下があなたのことを、本当に大切な臣下だと思っていらっしゃれば……っていう仮定の話ですけど」

「うるさい……！　私は玲玉様のためならなんでもできる！」

「おお、では皇太后陛下をご覧ください。あなたを助けたいと、そんな風に思っていらっしゃるお表情《かお》でしょうか？」

その男だけに聞こえるくらいの声で、私は小さく囁いた。

男は私の言葉を聞いて、一瞬皇太后の方に注意を向ける。涼しい顔をして男から目を背けた皇太后の姿を見て、頬に短刀を突き付けている男の手が一瞬緩んだ。

(今よ!)

私と陛下が動くのは、ほぼ同時だった。

隙をついて、私は男が後ろ手に掴んでいる腕を振りほどく。瞬時に身を返してしゃがみ込むと、短刀を持っている手を思い切り蹴り上げた。

陛下は私の動きを読んでいたかのように、短刀を落とした男の元に駆け寄って刀を突き付ける。そしてもう一方の手で私の腕を引き、私の体を自分の方に抱き寄せた。

「この者を捕えろ!」

青龍殿に、陛下の声が響き渡る。

衛士《えじ》たちは一斉に集まり、男の両腕を取り押さえて跪かせた。

「放せ、やめろ! ……玲玉様、どうかご命令を! この国の皇帝とおなりくださいっ! 玲玉さまぁっ!」

取り乱して泣き叫び、皇太后に向かって声をかけ続ける男。それを横目で一瞥した皇太后は、鼻で小さくフッと笑った。

「玲……玉……さま」

皇太后に見放されたことを察したのか、男は力なく床にくずおれる。衛士《えじ》たちに引きずられ、あっという間に青龍殿の外に連れていかれてしまった。

（あっさりと臣下を見放したわね。でも、あの男を守る義理なんて皇太后にあるはずないもの）

私が男の出ていった方を見てぼんやり考えていると、先ほど傷を負った私の右頬に温かいものが触れた。

ハッとして見上げると、陛下が私の頬の傷に触れている。

「明凜、大丈夫か。血が出ている。他に怪我は？」

「大丈夫です、陛下。私のことはいいので、早く皇太后陛下を」

陛下は私の言葉に頷くと、私の腰を抱いたまま皇太后を睨みつけた。

「皇太后陛下。あの男と共に謀ったのですか」

「……」

「私を退位させ、自らが皇帝に即位しようとなさったのですか？」

「……私は知らぬ。あの者が勝手にやったことではないですか」

皇太后は高壇から一歩一歩ゆっくりと下りながら、青龍殿の扉に向かう。詰めている衛士《えじ》たちがどうしたら良いものかと陛下を見るが、陛下は首を横に振った。

皇太后は宦官《かんがん》を引き連れて、そのまま青龍殿を後にする。

「陛下、皇太后陛下は……」

「もう、よい。いくら皇太后を問いただしたとて、あの男への指示を認めることはないだろう。実際にあの男の独断による行動だろうし」

「でも、陛下はこれまで何度もお命を狙われて……」

「今は皇太后を追い詰めるための材料も少ない。私の青龍の力も見せ付けたから、しばらくは大人しくしているだろう」

「……よいのですか？」

「ああ。それよりも、母の皇統除名は明凛のおかげで阻止することができた。本当にありがとう」

人目も憚らず、陛下は私を正面から思い切り抱き締める。二か月ぶりに触れる陛下の体は随分と痩せてしまったように思えて、あまりの不憫さに思わず私も陛下の胸に顔を埋めた。

私が曹家で療養している間、陛下も同じように一人で毒に苦しんでいたのだ。お毒見係である私もいなくなったのだから、どうせまともな食事もしていないのだろう。

（また後宮《ここ》に戻りたいと言ったら、陛下は許してくれるかしら）

私は陛下の背中に両手を回し、子どもの頃と比べて随分と逞しくなった陛下の体を抱き締め返す。

（とりあえず、これで一件落着っていうことでいいのかしら……って、あれ？）

よく考えれば、ここには青龍国の官吏たちが軒並み顔を揃えている。しかも、私が陛下と関わることを良しとしていない曹先生《おとうさま》までいるではないか。

そんな公衆の面前で、私たちは一体何をやらかしてしまっているのだろうか。

突然恥ずかしくなった私は、陛下の腕の中でバタバタと暴れる。

「陛下！　人が見ていますから……」

「明凜。私のために誰かが犠牲になるのは、もう二度と見たくないんだ」

「分かってますって！　ちょっと陛下、私からその件でお話があるのですが……」

陛下の胸を腕で押しのけて、私は陛下の顔を見上げる。

楊淑妃の除名を阻止できたら、私は陛下に伝えたいことがあった。

私は黄明凜ではなく、曹琥珀。

あなたのことを子どもの頃からお慕いしていた、あの琥珀です、と。

「陛下」

「明凜、少し待って」

話し始めた私の唇にそっと指を当てて遮ると、陛下はご自分の紫色の上衣の袖を口にくわえ、歯を立てて思い切り引き裂いた。

そして、龍の刺繍が入ったその衣の切れ端を、私の頬の傷にそっと当てる。

「陛下、大した傷ではないので大丈夫です。大切な衣が……」

「妃に対して紫色を贈る意味を、明凛も分かっているだろう？」

そう言って陛下は優しく笑う。陛下の言葉を瞬時に理解できなかった私は、小さく首を傾げた。

青龍国の皇帝が、妃に対して紫色のものを贈る意味。

（あっ……！）

玲玉記にあった一場面《ワンシーン》が、私の頭の中に鮮明に浮かび上がる。

皇帝陛下が玉蘭に紫色の披帛《ひはく》を渡し、伝えた台詞はなんだったか。

『──今夜、其方《そなた》の元に行く』

ようやく陛下の言葉の意味を理解して、私の頬は一気に熱を帯びた。狼狽《うろた》える私を見て、陛下はもう一度微笑む。

青龍国皇帝を象徴する青色と、後宮入りする妃が纏う花嫁衣裳の紅が交わって、紫に染まる。

つまり陛下が私に紫色を贈る意味は。

（うわぁ、ちょっと待って……！）

◇

頬の怪我の治療を終え、宦官《かんがん》の服からいつもの襦裙《じゅくん》に着替えてもう夕刻。二か月ぶりに戻った馨佳殿の屋根は、夕日に染まって橙色に輝いていた。

「誰もいないのに、綺麗にお掃除をしてくれていたのね」

房室《へや》だけではなく、庭院も落ち葉一つなく美しく整えられている。

ただ一つ以前と違うところは、あまりに突然の主人の帰還のせいで侍女が一人も集まっていないことだ。

（子琴も曹家に戻ったままだしね。でも、私は前世・日本人だもの。一人でやろうと思えばなんだってできるんだから）

静まり返った庭院で、池に自分の顔を映してみる。

水面に揺れる自分の顔には、もう以前のような花鈿《かでん》はない。

（琥珀様ったら、私に記憶を返す代わりに、きっちり花鈿《かでん》を取り返していっちゃったんだもんなぁ）

私は元々、陛下のお毒見係としてこの後宮にやって来た。額の花鈿《かでん》で毒を浄化する力があったからこそ、私は陛下のお側にいられたのだ。

その力を失った今、私がまた後宮で陛下のお側にいたいなどと願っても許されるのだろうか。

不安な気持ちで池の水面を眺めていると、側にある植木の下から「みゃあ」という子猫の声がする。

側に寄って枝葉を少しめくると、そこには真っ黒い毛の小さな猫がいた。

あまりの愛らしさにそっと手を伸ばしてみる。すると子猫は私の指をペロッとなめて植木の下から這い出てきた。

「わあ、生まれたばっかりかな？　小さくて可愛い！」

前世の日本ではよく目にした黒猫も、この世界で見るのは初めてだ。

（珍しい毛色だから、迷子になってもすぐに見つかるわね）

黒猫を抱っこしようと手を差し出すと、驚いた子猫は突然私に飛びかかり、額に思い切りパンチしてどこかに逃げてしまった。

「いったーい！　なんだか今日は散々ね。頬にも傷がつくし、猫ちゃんにも蹴られちゃうし……」

尻もちをついて汚れた襦裙《じゅくん》を手で叩き、私は馨佳殿の中に入った。

蔡妃が急いで手配してくれたという侍女たちが、手早く私の湯浴みや着替えを済ませていく。されるがまま彼女たちに身を任せていると、あっという間に私は寝衣姿になった。

仕事を終えると、次々に皆は房室《へや》から出ていった。

いつの間にか房室《へや》の中には、私一人だけがポツンと取り残されてしまった。

「……ここの侍女って、随分と仕事が早いわね。それにしても、なぜ寝衣なの？　私はまだ、陛下と話があったのに」

あの一件の後、青龍殿では陛下とほとんど話ができないままに別れてしまった。

私は怪我をしていたし、青龍殿は陛下のせいでボロボロに破壊された状態。私はあっと言う間に太医《たいい》の元に連れていかれ、他の人たちも皆、瓦礫のお掃除のために青龍殿を追い出されたのだ。

挙句の果てに、こんな時に限って、陛下は別のお仕事が入っていると言う。

私は卓子《つくえ》の上に置いた陛下の上衣の袖にそっと触れてみる。

（もしかしてもしかしたら、陛下がこれを私にくれたのは……そう言う意味なのかも？）

私はずっと陛下の本当の妃ではなかった。仮初《かりそめ》妃の分際で、陛下のことを好きとか、陛下が私のことをどう思っているのかとか、そういう色恋沙汰はできるだけ考えないようにしてきた。

いつの日か鄭玉蘭と結ばれるであろう陛下の、恋路の邪魔をしてはいけないと自分に言い聞かせてきた。

（でも、もし陛下が私を求めてくださっているのだとしたら――？）

青龍殿での陛下の優しい笑顔を思い出すと、頬が焼けたように熱くなる。そのうち、頭から湯気でも出てきそうなほどだ。

（暑いわ。少し外で涼もうかしら）

私が立ち上がって房室《へや》の扉を開くと、ちょうど向かい側から入ってきた人の胸に思い切りぶつかった。

「ぶへっ」

「明凛」

「あ、陛下……」

少し外で涼もうと思っていたのに、もう陛下が馨佳殿に来てしまった。大切な話をどう切り出そうかをまだ考えていなくて、焦っておろおろしながら下を向く。

（とりあえず、私のこの赤くなった顔を見られたくない。紫の袖をもらって、変に期待していたみたいじゃないの！）

しかし、いつまで経っても何も言わない陛下の様子が気になって、そっと陛下の顔を見上げてみる。

「どうした、明凛」

「いいえ、ちょっと外で涼もうかと……」

「そうか。しかしそんな薄着では風邪を引く」

陛下に言われて自分の寝衣に目をやると、確かに寝衣は異様に薄い生地でできている。青龍殿で私が陛下から紫色の衣をもらったことがどこかから伝わり、蔡妃や侍女たちがおかしな気を遣ったらしい。

私は「ひっ」と小さく悲鳴を上げて、房室《へや》の中にそそくさと戻った。

私が腰を下ろしたすぐ後ろに、陛下の気配を感じる。

背を向けたまま後ろを振り向くと、陛下は穏やかな顔で待っていた。

「……あの、陛下」

「なんだ」

「私、陛下に大切なお話があってですね」

「ああ」

「私の話、ちゃんと聞いてます？」

「ああ」

「いや、聞いてないですよね。私のこと見てばっかり」

「聞いているよ。明凛が何をそわそわしているのかは知らないが、挙動不審な仕草を見ていると飽きなくてね」

全てを包み込むような温かくて穏やかな笑顔に、私の胸はぎゅうっと締め付けられたように苦しくなる。

私が今から話す事実を聞いて、陛下はどう思うだろう。

不安と期待が入り混じった気持ちで、私は口を開いた。

「あの……何からお話ししたら上手く伝わるのか分からないのですが」

「うん」

「まずは、楊淑妃の除名を阻止できて本当に良かったです」

「それは私もとても嬉しい気持ちだが、もったいぶった割に随分と色気のない話題なんだな」

私はどうやら、話の切り出し方をしくじったらしい。

頭の整理をつけながら、なんとか次の言葉をひねり出す。

「楊淑妃の除名を阻止できて、陛下には青龍の力が現れて。なんだか全て上手くいっているように見えますが、実はまだまだ残課題があります」

「……まるで仕事のようだな。これは夫婦の閨《ねや》でする話だろうか」

「閨《ねや》ッ⁉　陛下！　私は真面目にお話ししているのですよ！」

順を追って話をするのって、こんなに難しいことだっただろうか。

陛下は狼狽する私を見てくすくすと笑いながら、房室《へや》の奥にある牀榻《しんだい》まで歩いて行って腰かけた。まだ話の途中だった私は、仕方なく陛下の隣に並んで座る。

「とにかく、皇太后陛下はまだまだ帝位を諦めていないと思います。これからも陛下のお命を狙うかも。毒を仕掛けてくるだけでなく、今日みたいに直接的に刺客を使ってくるかもしれません」

「……刺客か」

陛下の脳裏に過去の出来事がよぎったのか、穏やかだった笑顔に影が差す。

「皇太后陛下と闘うためには、陛下にも味方がいた方がいいと思うんです！　商儀様はどこか頼りないし、曹侯遠先生は頼りになるけど既にいいお年です。そこでご提案なんですが……」

私は薄い寝衣の襟元をギュッと閉めて、陛下の方に向き直る。視線を合わせた私たちは、どちらからともなく距離を詰め、肩が触れるほどの距離で見つめ合った。

「陛下。もし良ければ、私をまた後宮妃にするっていうのはいかがでしょう。今日見ていただいた通り、私には曹侯遠先生から仕込まれた青龍古武道の嗜みもありますし、ちょっとした予知能力みたいな力もあるんですよ！」

(予知能力と言っても、玲玉記のストーリーを知っているってだけなんだけど)

「毒を浄化する力はなくなってしまったから、お毒見係としてはスキル不足かもしれないですが、でもお毒見はこれまで通り続けるつもりでいます！」

「すきる……とはなんだ？」

「あっ、それはまあ、一種の特殊技能みたいなものですかね。それはさておき、私が一番言いたかったことはですね……」

そこまで口にして、私は急に不安に襲われて口を噤んだ。

陛下の心を救いたい一心でここに来たつもりだった。でも、私が本当は曹琥珀なのだと陛下に伝えたところで、陛下の心は救えたとしても、私をずっと側に置いてもらえる理由にはならないのではないだろうか。

陛下の側に置いて下さいと必死でお願いをしている自分がやけに恥ずかしくなって、言葉が口から出て来ない。

永翔様と琥珀の物語は、とうの昔に一旦途切れてしまっている。

もしこれからも私が陛下と一緒にいたいと願うなら、明凛としての私をどう思っているのかを聞かなければ。

「あの……」

口籠る私の様子を見かねてか、陛下の腕がすっと私の方に伸びてくる。そして体を強張らせて俯《うつむ》いていた私の腕を引き、その胸にぎゅうっと抱き締められた。

「明凛が言いたいことを整理している間に、私からも話がある」

「な、なんでしょうか」

私の黒髪を撫でる陛下の手が、髪の間をすり抜けて背中に触れる。

陛下の手の温かさが、薄い寝衣越しに伝わってくる。

あまりの緊張に息を止めて体を強張らせていたのに、いつの間にか陛下の腕の中の心地よさに力が抜けていく。

私の緊張がほぐれて落ち着いたのを感じたのか、陛下は私の耳元に顔を近付けた。

「幼い頃、私は大切な人を目の前で亡くした。その娘は私を庇《かば》って背中に毒矢を受けたんだ。彼女を守れなかった自分が悔しくて、それからは全てがどうでも良くなった」

「……はい」

「毒見も拒み、人との関わりもできるだけ避けた。青龍国の行く末にすら、私は関心が持てなかった」

私の背中を抱く陛下の腕に力が入る。

私にとって、小説に出てくる「不憫な皇帝」でしかなかった陛下の存在。

しかし陛下と過ごすうち、不憫だと思う気持ちが心配に変わり、そして私の中でそれはいつの間にか、陛下への愛情になっていた気がする。

陛下が背負う辛い過去を、私も一緒に背負ってあげたい。

耳元で早鐘を打つ陛下の鼓動をちゃんと感じたくて、私は目を閉じた。

「明凛」

「はい」

「そんな私の前に現れた明凛が、私のことを救ってくれた。母の除名のことだけではない。私の受けた過去の心の傷も明凛に救われた気がするんだ。だから額の花鈿《かでん》の力も青龍古武道もどうでもいい。ただ明凛が私の側にいてくれたら……」

「……え？」

　驚いて顔を上げると、陛下は照れくさそうにはっと笑う。

「いいんですか？　私、ここにいても」

「明凛こそ話を聞いていたのか？　今、明凛に側にいてほしいと伝えたところじゃないか」

「側にいてほしいっていうのは、つまり？」

「仮初《かりそめ》の妃ではなく、私の本当の妃になってほしい。駄目か？」

　駄目か？　と聞いた陛下の小犬みたいな表情が可愛くて、私は陛下の首に飛びついた。本当の妃になってほしいと言われて、駄目だなんて言うわけがない。

　なんと言っても私は、四歳の頃から陛下のことが大好きなのだ。

　これから鄭玉蘭が現れたとしても、陛下が玉蘭に心変わりをしたとしても、私だけは絶対に陛下を愛し続ける自信がある。

「陛下、全然駄目じゃないです。私を本当の妃にしてください。お饅頭《まんじゅう》を食べましょう！」

「……は？　唐突になんだ？　饅頭《まんじゅう》？」

先ほど侍女たちが用意してくれた菓子の中に、お饅頭《まんじゅう》があったはずだ。私は皿に饅《まん》頭《じゅう》を準備して、ポカンと口を開けて待つ陛下の隣にもう一度いそいそと座る。

「お饅頭《まんじゅう》を半分こして二人で食べたら、結婚できるんですよ」

「…………明凛、それは」

「大丈夫。もちろん毒見は済んでますから。『せーの！』で食べるんです」

饅頭《まんじゅう》を手で半分に割り、片割れを陛下に差し出した。

陛下は両目いっぱいに涙を溜めて、口元を震わせている。

「明凛……いや、琥珀……琥珀なのか？」

「永翔様。冗談でこんなこと言えるわけがないでしょう？　ずっと記憶を失くしていて申し訳ありません。私は曹琥珀です」

私が名乗り終わらないうちに、陛下の唇が私の唇に重なる。

そのままの勢いで牀榻《しんだい》の上に倒れ込んだ私たちは、時を忘れるほど何度も口付けを交わした。そしてお互いに涙でぐちゃぐちゃになった顔を見合わせて、笑い合う。

いつの間にか房屋《へや》の灯りは消え、すっかり夜も更けた頃、馨佳殿の円窓《まるまど》からは明るい月の光が差し込んでいた。

◇

「みゃ〜う」

馨佳殿の庭院には、今朝もいつもの黒猫がやって来る。

毒見を済ませた食事を少し取り分けて、こうして食べさせてやるのがすっかり私の日課になった。

「にゃあ、にゃあっ！」

「あらら、珠珠《じゅじゅ》！　今朝のごはんはお気に召さなかったかしら？」

永翔様のお母様である楊翠珠様のお名前から字を頂いて、この黒猫には『珠珠』という名前を付けた。生まれたばかりの子猫なのになんだか妙に生意気な子で、気に入らない食事が出るとこうしていつも不機嫌になる。

「生意気な猫ちゃんね。楊淑妃にちなんで名前を付けちゃったけど、あなたはどちらかというと、幽鬼の琥珀様に似ているわ」

「みゃ〜」

「うわ！　その顔とか、本当に琥珀様にそっくりよ！」

珠珠を抱き上げてじゃれていると、殿舎の向こうから私を呼ぶ声が聞こえる。

「明凛お嬢様！　戻ってきてください！　猫へのエサやりは、せめて髪を整えてからにしてくださいよぉ」

「はーい！　今戻るわ、子琴」

私は侍女にエサやりを頼むと、珠珠を地面に下ろして頭を撫でる。

久しぶりに幽鬼の琥珀様のことを思い出したからか、なんだか懐かしい気持ちで胸がいっぱいだ。

(琥珀様は陶美人としての記憶を取り戻したことだし、ちゃんとこの世に生まれ変われたかしら)

珠珠に「またね」と挨拶して立ち上がると、突然生暖かい風がびゅうっと通り過ぎる。

『玲玉記はまだまだ続くんだけど、油断していて大丈夫なの？　明凛！』

風に乗ってどこからか、琥珀様の声が聞こえた気がした。

世界一幸せな偽りの結婚

理想の令嬢と呼ばれる眞宮《まみや》子爵令嬢、奏子《かなこ》には秘密があった。それは、巷で大流行中の恋愛小説の作者『槿花《きんか》』だということ。世間にバレてしまえば騒動どころではない、と綴る情熱を必死に抑えて、皆が望む令嬢を演じていた。ある日、夜会にて憧れる謎の美男美女の正体が、千年を生きる天狐の姉弟だと知った彼女は、とある理由から弟の朔《さく》と契約結婚をすることに。仮初《かりそめ》の夫婦として過ごすうちに、奏子はどこか懐かしい朔の優しさに想いが膨らんでいき——!? あやかしとの契約婚からはじまる、溺愛シンデレラストーリー。

定価：本体770円（10%税込み） ISBN978-4-434-33895-3

イラスト：もんだば

仕事を押しつけられて食事にありつけず、いつもお腹をすかせている後宮の下級女官・笙鈴《ショウリン》。ある日、彼女は正体不明の料理人・竜《ロン》から、こっそり食事を食べさせてやる代わりに皇女・氷水《ピンスイ》の情報収集をしてほしいと頼まれる。なぜ一料理人が皇女のことを知りたがるのだろう——そう疑問に感じつつも調査を進めていく笙鈴だったが、氷水と交流を重ねるうちに、華やかな後宮の裏でうごめく妖しくも残酷な陰謀に巻き込まれていくのだった。

◉定価：726円（10%税込）　◉ISBN：978-4-434-33325-5　◉Illustration：ボダックス

私を憎んでいた夫が突然、デロ甘にっ!?

初恋の皇帝に嫁いだところ、彼に疎まれ毒殺されてしまった翠花。気が付くと、彼女は猫になっていた! しかも、いたのは死んでから数年後の後宮。焦る翠花だったが、あっさり皇帝に見つかり彼に飼われることになる。幼い頃のあだ名である「スイ」という名前を付けられ、これでもかというほど甘やかされる日々。冷たかった彼の豹変に戸惑う翠花だったが、仕方なく近くにいるうちに彼が寂しげなことに気づく。どうやら皇帝のひどい態度には事情があり、彼は翠花を失ったことに傷ついているようで――

定価:726円(10%税込み) ISBN 978-4-434-33361-3

イラスト:ノクシ

愛憎渦巻く後宮で
武闘派夫婦が手を取り合う!?

自国で虐げられ、敵国である湖紅国《ここうこく》に嫁ぐことになった行き遅れ皇女・劉翠玉《りゅうすいぎょく》。彼女は敵国へと向かう馬車の中で、自らの運命を思いポツリと呟いていた。翠玉の夫となるのは、湖紅国皇帝の弟であり、禁軍将軍でもある男・紅冬隼《こうとうしゅん》。翠玉は、愛されることは望まずとも、夫婦として冬隼と信頼関係を築いていきたいと願っていた。そして迎えた対面の日……自らの役目を全うしようとした翠玉に、冬隼は冷たい一言を放ち——?

チグハグ夫婦が織りなす後宮物語、ここに開幕!

定価:726円(10%税込み)

Illustration:憂

この作品に対する皆様のご意見・ご感想をお待ちしております。

おハガキ・お手紙は以下の宛先にお送りください。

【宛先】

〒150-6019 東京都渋谷区恵比寿 4-20-3 恵比寿ｶﾞｰﾃﾞﾝﾌﾟﾚｲｽﾀﾜｰ 19F
（株）アルファポリス　書籍感想係

メールフォームでのご意見・ご感想は右のＱＲコードから、
あるいは以下のワードで検索をかけてください。

アルファポリス　書籍の感想　検索

ご感想はこちらから

アルファポリス文庫

花鈿《かでん》の後宮妃《こうきゅうひ》　皇帝《こうてい》を守《まも》るため、お毒見係《どくみがかり》になりました

秦 朱音（はた あかね）

2024年 5月 31日初版発行

編　集－徳井文香・森 順子
編集長－倉持真理
発行者－梶本雄介
発行所－株式会社アルファポリス
〒150-6019 東京都渋谷区恵比寿4-20-3 恵比寿ｶﾞｰﾃﾞﾝﾌﾟﾚｲｽﾀﾜｰ19F
TEL 03-6277-1601（営業）　03-6277-1602（編集）
URL https://www.alphapolis.co.jp/
発売元－株式会社星雲社（共同出版社・流通責任出版社）
〒112-0005 東京都文京区水道1-3-30
TEL 03-3868-3275
装丁イラスト－猫林
装丁デザイン－西村弘美
印刷－中央精版印刷株式会社

価格はカバーに表示されてあります。

落丁乱丁の場合はアルファポリスまでご連絡ください。

送料は小社負担でお取り替えします。


ISBN978-4-434-33896-0 C0193